L'ÉTÉ 80

MARGUERITE DURAS

L'ÉTÉ 80

LES ÉDITIONS DE MINUIT

En application de la loi du 11 mars 1957, il est interdit de reproduire intégralement
ou partiellement le présent ouvrage sans autorisation de l'éditeur
ou du Centre français du copyright, 6 bis rue Gabriel-Laumain, 75010 Paris

ISBN 2-7073-0324-0

à Yann Andréa

Au début de l'été, Serge July m'a demandé si j'envisageais dans les choses possibles d'écrire pour Libération une chronique régulière. J'ai hésité, la perspective d'une chronique régulière m'effrayait un peu et puis je me suis dit que je pouvais toujours essayer. Nous nous sommes rencontrés. Il m'a dit que ce qu'il souhaitait, c'était une chronique qui ne traiterait pas de l'actualité politique ou autre, mais d'une sorte d'actualité parallèle à celle-ci, d'événements qui m'auraient intéressée et qui n'auraient pas forcément été retenus par l'information d'usage. Ce qu'il voulait, c'était : pendant un an chaque jour, peu importait la longueur, mais chaque jour. J'ai dit : un an c'est impossible, mais trois mois, oui. Il m'a dit : pourquoi trois mois ? J'ai dit : trois mois, la durée de l'été. Il m'a dit : d'accord, trois mois, mais alors tous les jours. Je n'avais rien à faire cet été-ci et j'ai failli flancher, et puis non, j'ai eu peur, toujours cette même panique de ne pas disposer de mes journées tout entières ouvertes sur rien. J'ai dit : non, une fois par semaine,

7

et l'actualité que je voulais. Il a été d'accord. Les trois mois ont été couverts, à part les deux semaines de fin juin et début juillet. Aujourd'hui, ce mercredi 17 septembre, je donne les textes de L'été 80 aux Editions de Minuit. C'est de cela que je voulais parler ici, de cette décision-là, de publier ces textes en livre. J'ai hésité à passer à ce stade de la publication de ces textes en livre, c'était difficile de résister à l'attrait de leur perte, de ne pas les laisser là où ils étaient édités, sur du papier d'un jour, éparpillés dans des numéros de journaux voués à être jetés. Et puis j'ai décidé que non, que de les laisser dans cet état de textes introuvables aurait accusé davantage encore — mais alors avec une ostentation douteuse — le caractère même de L'été 80, à savoir, m'a-t-il semblé, celui d'un égarement dans le réel. Je me suis dit que ça suffisait comme ça avec mes films en loques, dispersés, sans contrat, perdus, que ce n'était pas la peine de faire carrière de négligence à ce point-là.

Il fallait un jour entier pour entrer dans l'actualité des faits, c'était le jour le plus dur, au point souvent d'abandonner. Il fallait un deuxième jour pour oublier, me sortir de l'obscurité de ces faits, de leur promiscuité, retrouver l'air autour. Un troisième jour pour effacer ce qui avait été écrit, écrire.

L'ÉTÉ 80

1

Donc, voici, j'écris pour Libération. Je suis sans sujet d'article. Mais peut-être n'est-ce pas nécessaire. Je crois que je vais écrire à propos de la pluie. Il pleut. Depuis le quinze juin il pleut. Il faudrait écrire pour un journal comme on marche dans la rue. On marche, on écrit, on traverse la ville, elle est traversée, elle cesse, la marche continue, de même on traverse le temps, une date, une journée et puis elle est traversée, cesse. Il pleut sur la mer. Sur les forêts, la plage vide. Il n'y a pas les parasols même fermés de l'été. Le seul mouvement sur les hectares de sable, les colonies de vacances. Cette année ils sont très petits, il me semble. De temps en temps les moniteurs les lâchent sur la plage, cela afin de ne pas devenir fous. Ils arrivent en criant, ils traversent la pluie, ils courent le long de la mer, ils hurlent de joie, ils se battent avec le sable mouillé. Au bout d'une heure ils sont inutilisables, alors on les rentre, on les fait chanter Les lauriers sont coupés. Sauf un, un qui regarde. Tu ne cours pas ? Il dit non. Bon. Il regarde les autres chanter. On lui demande : tu ne chantes pas ? Il dit non. Puis il se tait. Il pleure. On lui demande : pourquoi tu pleures ? Il dit que s'il le disait on ne comprendrait pas ce qu'il dirait, que ce n'est pas la peine qu'il le dise. Il pleut sur les Roches noires, les coteaux argileux des Roches noires, cette argile partout percée de sources douces et qui peu à peu avance, glisse vers la mer. Oui, il y a dix kilomètres de ces collines d'argile sorties des mains de Dieu, de quoi construire une cité de cent mille habitants, mais voilà, pour une fois, non, ce n'est pas possible. Il pleut donc aussi sur le granit noir et sur la mer et il n'y a personne pour voir. Sauf l'enfant. Et moi qui le vois. L'été n'est pas arrivé. A sa place, ce temps qu'on ne peut pas classer, dont on ne peut pas dire quel il est. Dressé entre les hommes et la nature il est une paroi opaque faite d'eau et de brouillard. Qu'est-ce que c'est encore que cette idée, l'été ? Où est-il tandis qu'il tarde ? Qu'était-il tandis qu'il était là ? De quelle couleur, de quelle chaleur, de quelle illusion, de quel faux-semblant était-il fait ? La mer est dans les embruns, enfouie. On ne voit plus Le

Havre ni la longue procession des pétroliers arrêtés devant le port d'Antifer. Aujourd'hui la mer est mauvaise sans plus. Hier il y avait de la tempête. Loin, elle est parsemée de brisures blanches. Près, elle est pleinement blanche, blanche à foison, sans fin elle dispense de grandes brassées de blancheur, des embrassements de plus en plus vastes comme si elle ramassait, emportait vers son règne une mystérieuse pâture de sable et de lumière. Derrière cette paroi la ville est pleine, enfermée dans les locations, les pensions grises des rues à l'anglaise. Seuls mouvements, ces traversées éblouissantes des enfants qui déferlent de la colline dans des cris sans fin. Depuis le 1er juillet la ville est passée de huit mille à cent mille habitants, mais on ne les voit pas, les rues sont vides. On murmure : il y en a, ils repartent, découragés. Le commerce tremble, depuis le 1er juillet ici les prix n'avaient fait que doubler, en août ils triplent, s'ils partent qu'allonsnous devenir ? Les plages sont rendues à la mer, aux rafales joueuses du vent, du sel, au vertige de l'espace, à la force aveugle de la mer. Il y a des signes avant-coureurs d'un nouveau bonheur, d'une nouvelle joie, cela circule déjà dans ce désastre chaque jour tristement relaté par nos gouverneurs. Dans les rues il y a des gens seuls qui marchent dans le vent, ils sont recouverts de K-ways, leurs yeux sourient, ils se regardent. La nouvelle est arrivée à travers la tempête d'un nouvel effort demandé aux Français en vue d'une année difficile qui vient, de mauvais semestres, de jours maigres et tristes de chômage accru, on ne sait plus de quel effort il s'agit, de quelle année pourquoi tout à coup différente, on ne peut plus entendre ce monsieur qui parle pour annoncer qu'il y a du nouveau et qu'il est là avec nous face à l'adversité, on ne peut plus du tout le voir ni l'entendre. Menteurs, tous. Il pleut sur les arbres, sur les troènes en fleurs partout, jusqu'à Southampton, Glasgow, Edimbourg, Dublin, ces mots, pluie et vent froid. On voudrait que tout fût de cet infini de la mer et de l'enfant qui pleure. Les mouettes sont tournées vers le large, plumage lissé par le vent fort. Restent ainsi posées sur le sable, si elles volaient contre, le vent casserait leurs ailes. Fondues à la tempête, elles guettent la désorientation de la pluie. Toujours cet enfant seul qui ne court ni ne chante, qui pleure. On lui dit : tu ne dors pas ? Il dit non et que la mer est haute en ce moment et que le vent est plus fort et qu'il l'entend à travers les toiles. Puis il se tait. Serait-il malheureux ici ? Il ne répond pas, il fait un signe d'on ne sait quoi, comme celui d'une

12

légère douleur, d'une ignorance dont il s'excuserait, il sourit aussi peut-être. Et tout à coup on voit. On ne le questionne plus. On recule. On le laisse. On voit. On voit que la splendeur de la mer est là, là aussi, là dans les yeux, dans les yeux de l'enfant.

2

La brume recouvre la totalité du ciel, elle
est d'une épaisseur insondable, vaste comme
l'Europe, arrêtée. C'est le 13 juillet. Les
sportifs français vont participer aux Jeux
olympiques de Moscou. Jusqu'à la dernière
minute on a espéré que certains n'iraient pas,
mais non, cela s'est confirmé. Pendant un
long moment ce matin une lumière de soleil
s'est glissée entre la tempête et le vent. Deux
heures. Et puis ça a été recouvert. On a
retrouvé M. Maury-Laribière. Même si on
m'incite au meurtre, même si on me montre
Maury-Laribière pleurant dans les bras de
ses ouvriers, je le laisse en vie. Je ne tue personne, même pas Schleyer, même pas ceux
qui tuent, jamais. Je vois que le crime politique est toujours fasciste, que lorsque la
gauche tue elle dialogue avec le fascisme et
avec personne d'autre, absolument personne
d'autre, que la liquidation de la vie est un

jeu fasciste comme le tir aux pigeons et que cela se passe entre eux, entre tueurs. Je vois que le crime quel qu'il soit relève de la bêtise essentielle du monde, celle de la force, de l'arme, et que la majeure partie des peuples craignent et révèrent cette bêtise comme le pouvoir même. Que la honte c'est ça. L'enfant qui se tait regarde toujours tout alentour de lui, la haute mer, les plages vides. Ses yeux sont gris comme l'orage, la pierre, la mer, l'intelligence immanente de la matière, de la vie. Gris, les yeux couleur du gris, comme une teinte extérieure posée sur la force fabuleuse de leur regard. On le laisse sortir de la tente, lui il ne se sauvera pas. On lui demande : tu penses à quoi tout le temps ? Il dit : à rien. A l'intérieur de la tente les autres chantent encore Les lauriers sont coupés. Dans la ville des gens rechargent les bagages dans les coffres des autos, la colère des chefs de famille se reporte contre les bagages, les femmes, les enfants, les chats, les chiens, dans toutes les classes sociales les chefs hurlent au moment des bagages, quelquefois tombent de hurler et en ont des crises cardiaques tandis que les femmes, un petit sourire de peur sur les lèvres, s'excusent d'exister, d'avoir commis les enfants, la pluie, le vent, tout cet été de malheur. Il a plu hier toute la journée. Alors

16

des gens sont sortis dans le vent et la pluie, à la fin ils se sont décidés. Ils se sont recouverts de tout ce qu'ils ont trouvé, d'imperméables, de couvertures, de sacs à provisions, de bâches et on a vu marcher des hordes de migrants, tête basse, contre le vent et la pluie dans une impressionnante égalité d'allure et de forme. Nous avons tous pris l'aspect de la misère, nous ruisselons comme les murs, les arbres, les cafés, nous ne sommes plus ni laids ni beaux, ni vieux ni jeunes, nous sommes les trois cent mille individus du complexe Trouville-Deauville relégués dans l'été de la pluie. A quatre-vingt-dix pour cent, des familles. Le problème est de savoir où se mettre, quoi faire de son automobile et de son propre volume. Le café reste idéal, avec un express, trois francs, on passe deux heures à l'abri, moins cher que le parking. Alors les dirigeants du trust de la limonade ont supprimé le café. La pancarte est partout sur les percolateurs : Machine en panne. On sert, mais des alcools. Vous arrivez à midi : une framboise ? une poire ? Trois cent mille personnes, c'est plus que Lille, que Brest. Qu'espère-t-on ? Ce n'est pas simple. Il ne s'agit pas d'un temps dont on pourrait dire qu'il est plus ou moins mauvais, il s'agit d'un temps non encore identifié, mystérieux, non encore désigné

17

mais peut-être en voie de le devenir, oui, c'est possible. Vous voyez quelque chose ? Moi, ce que j'aperçois un peu c'est que ce vocable une fois trouvé n'aurait aucune portée générale, il serait agi par le temps lui-même et selon soi, et soi seul. Les familles font des pique-niques dans les abris Decaux, dans les garages de poids lourds, les hangars bombardés du vieux port de Honfleur, dans la rouille, les orties, les dépôts de butane, les cabines de bains, les chantiers. Que sont les soirées devenues, oisives et lentes de l'été, étirées jusqu'à la dernière lueur, jusqu'au vertige de l'amour même, de ses sanglots, de ses larmes ? Soirées écrites, embaumées dans l'écrit, dorénavant lectures sans fin, sans fond. Albertine, Andrée étaient leurs noms. Qui dansaient devant lui déjà atteint par la mort et qui cependant les regardait, et qui cependant qu'il était là, devant elles, déchiré, anéanti de douleur, écrivait déjà le livre de leur passé, de leur rencontre, de leurs regards noyés qui ne voyaient plus rien, de leurs lèvres séparées qui ne disaient plus rien, de leurs corps embrasés de désir, le livre de l'amour ce soir-là à Cabourg. Brutale est maintenant la venue de la nuit. Restent ces casinos défunts, le vide monumental de leurs salles de bal. Reste la dépense de l'argent. Les salles de jeux sont pleines, derrière les

18

lourds rideaux le piano de Keith Jarret, la brillance des lustres. Le pétro-dollar flambe. D'ici, de derrière le bruit de l'or, on n'entend ni la mer ni la pluie. La connaissance de l'arabe est obligatoire. Pas de femmes légales, les grandes maîtresses de Paris, les manieuses de fouet, les prêtresses des jeux dévergondés de la mort. Deux millions par week-end est le prix du Koweit. Encore un jour sur toutes ces choses ensemble. Le jour du 14 juillet 1980. La mer est moins blanche, les vagues sont plus courtes, plus dures. La ligne de l'horizon est retrouvée et aussi la longue suite des pétroliers devant Antifer. Sur le gris du ciel il y a un cerf-volant comme on les fait en Chine peut-être, il a une large tête triangulaire rouge, de serpent, et un corps très long, large, un déploiement de coton bleu. Comme chaque jour les contingents des colonies de vacances sont déversés sur les plages et s'y répandent en couleurs et en cris. Aujourd'hui ils regardent le cerf-volant et le monsieur qui le manœuvre avec un guidon. L'enfant seul est là aussi, il regarde aussi le cerf-volant, il est un peu à l'écart des autres, il ne doit pas le faire exprès, il en est toujours comme d'un retard qu'il prendrait sur le premier mouvement des autres, celui vers l'objet de la curiosité, mais peut-être s'agit-il en fait du contraire, d'un intérêt si entier qu'il le paralyse, l'empêche de bouger. Il ne sait pas que sur cette plage il y a quelqu'un qui le regarde. Il s'est retourné et il a regardé derrière lui, le vent, dirait-on, qui change de sens. Et puis voici, c'est fait, le cerf-volant veut quelque chose avec une force soudaine, il fonce, il plonge, il fouine l'air, il tire, il cherche, cherche. L'enfant va vers le cerf-volant et s'arrête. C'est la première fois que je vois le corps de l'enfant aussi près de moi. Il est maigre, grand. Six ans sans doute. Le cœur bat. On a peur. Le cerf-volant cherche à passer outre à un empêchement, à cet homme qui le retient, il essaie de s'arracher de cet homme. Dans les yeux de l'enfant il y a de la souffrance. Voici que l'homme cède tout à coup, il crie, il lâche le guidon. Le cerf-volant part comme un fou dans la direction de la mer, et puis il est pris dans les pièges du vent, il tombe mort. Pendant quelques secondes la stupeur immobilise les enfants et puis ils recommencent de nouveau, ils font éclater la plage, le temps tout entier, l'espace, le monde. Sous le coup d'un élan invincible certains se sont déshabillés et sont entrés dans la mer, d'autres sont entrés dans la mer sans se déshabiller. Les moniteurs hurlent : rassemblement. Rien. Les moniteurs donnent des claques dans tous les sens mais les enfants sont plus rapides que tout, que les moniteurs, que la lumière. Les moniteurs tombent dans la mer. Après, tout le monde a ri, les enfants, les moniteurs, l'enfant seul, moi qui le regarde. Après, les enfants ont été plus supportables, ils ont joué aux films du « poste », aux flics, aux gangsters, à s'étriper, se cribler de balles, à hurler des menaces de mort, cela sans prétexte et sans explication. Il a fait une heure de soleil, une tiédeur a enveloppé la ville, il n'y a plus eu de vent tout à coup et on a dit aux enfants qu'ils pouvaient se baigner. L'enfant seul est en maillot blanc. Maigre, oui. On voit clairement son corps, il est trop grand, il est comme en verre, on voit déjà ce que cela va devenir, la perfection des proportions, des charnières, des longueurs musculaires, la miraculeuse fragilité de tous les relais, les pliures du cou, des jambes, des mains, et puis la tête portée comme une émergence mathématique, un phare, l'aboutissement d'une fleur. Le vent a recommencé et de nouveau le ciel est devenu noir. On a fait la retraite aux flambeaux sous les parapluies et les feux d'artifice sont restés navrants, plus tristes et plus beaux que dans les livres. Et les petits enfants ont chanté En passant par la Lorraine avec mes sabots. Et au festival de Savonlinna, cinquante mille habitants, vers le soixantième parallèle nord, au milieu d'un désert de lacs et de granit, s'est terminé pour l'éternité des temps la Flûte enchantée de Mozart. Nous sommes sortis par les ponts de bateaux, c'était minuit, le soleil se couchait dans un vaste crépuscule bleu, limpide comme le premier âge de la terre. A Paris, sur le défilé, il a plu, sur l'armée française, les nouveaux chars antiaériens, des déluges sont tombés, sur le président de la République aussi. Il a plu des télégrammes de Brejnev aux Présidents allemands et français les félicitant d'avoir enfin compris que le danger le plus grand que couraient les Etats européens était celui de la mainmise américaine sur l'Europe soviétique. En ce moment Brejnev traverse une étrange passe de félicitations mystiques et polyflores. L'Afghanistan est en train de disparaître de la carte du monde. Nous sommes à Moscou avec le joyeux Marchais. 19 juillet. A la télévision, l'inauguration de ces Jeux olympiques. Brejnev est là, mort, les yeux fermés, on l'a mis debout et une allocution est sortie de sa bouche de cire, la voix était sans timbre aucun. Les cent mille délégués d'office soviétiques étaient là aussi et parfois on a perçu la différence entre les applaudissements, le signal de départ et la leçon apprise. Et on a eu peur, on a été glacé de peur devant cela qu'on voyait, ce peuple livré à cela qui est sans nom, cette malchance de l'homme, de l'histoire de l'homme et la faiblesse incommensurable de cet homme, le traitement d'infamie qu'il s'inflige à lui-même. On a été le 20 juillet. Pendant la nuit la pluie est tombée huit heures d'affilée, d'abord d'enfance, légère, timide presque, et puis installée, tenace et vieille. Et puis, de cette pluie le soleil est sorti, harassé. Et le soir de ce jour il y a eu la fête immense d'une tempête blanche, elle est arrivée brusquement dans la lumière. La mer est devenue à perte de vue le théâtre de la pluie. Sous l'auvent d'un bâtiment abandonné il y avait l'enfant. Il la regardait, elle, la mer. Il jouait avec des cailloux ramassés sur la plage. Il portait un vêtement rouge. Ses yeux étaient plus clairs que d'habitude, plus effrayants aussi à cause de l'amplitude aveugle de ce qu'il y avait à voir.

3

La tempête a été soudaine, le vent est arrivé comme d'une fabuleuse soufflerie, il n'a pas lâché prise pendant sept heures de rang, il a enlevé le chapiteau d'un manège, des caravanes, des bateaux de plaisance, un enfant, il n'a cassé aucun pétrolier d'Antifer. Des forces contradictoires ont joué entre les vents, les courants, les dieux, la pluie a cessé, le ciel s'est ouvert et le soleil est apparu. Il est là, milliardaire, dans le ciel nu. Et dessous il y a les gens. Par milliers, ils sont sortis de leurs maisons et ils ont recouvert la plage de leurs corps allongés. On a entendu qu'ils disaient : ah, le soleil enfin, moi il me faut le soleil, le soleil c'est la vie. Puis ils se sont tus. Et l'ennui est tombé sur la plage, celui de la fixité du beau temps à ces latitudes-là, celui de la disparition du mouvement dans ces ciels de passage, du passage des pluies. L'enfant qui se tait est parqué avec sa colonie dans un périmètre précis. Les hectares de sable ont été rendus aux adultes. C'est vrai, les enfants dérangent, on ne peut ni dormir ni lire ni parler quand il y a des enfants, les enfants c'est presque aussi terrible que la vie. Il était une fois, a dit la jeune monitrice, un petit garçon qui s'appelait David, il était blond, il était sage, il était parti faire le tour du monde sur un grand bateau qu'on appelait l'Amiral Système, et voilà que la mer devient mauvaise, très mauvaise. En Iran, le gouvernement de la mort a pris définitivement le pouvoir. Le parti le plus fort se reconnaît à sa potentialité de mort, sa faculté plus ou moins grande de l'administrer. Ils ont tué des voleurs à la tire, ils tuent des trafiquants de drogue. Et ils tuent des homosexuels. Cela parce qu'en Iran, comme en Russie soviétique, l'aveu de facto de l'homosexualité face à l'opprobre populaire et gouvernemental se pose en équivalence à un acte politique majeur qui a valeur souveraine d'exemple quant à l'expression de toutes les autres libertés de l'être humain, depuis celle du choix de sa spiritualité jusqu'à celle de la conduite de son corps. Il est dans la logique du fascisme de punir les homos et les femmes. La mer est d'un bleu laiteux, il n'y a pas de vent qui emporte l'histoire de la jeune moni-

26

trice, d'autres enfants alertés viennent écouter aussi, les voiliers dorment, une brume noie la ligne de l'horizon et la procession de mes dinosaures de quatre cent douze mètres de long, de soixante-dix mètres de large, de mes douces et longues baleines de pétrole cassantes et aveugles comme des orvets de verre, aussi dangereuses que le feu, le volcan, le diable. Sont entre les mains de pilotes de fortune qui ignorent tout de la force de la mer. Cette force de la mer on ne la connaît pas bien, on commence seulement à la connaître. Jusqu'ici les formes et les proportions des navires étaient calculées pour que l'homme puisse déjouer cette force, ne pas lui donner prise. Mais là, voici que la mer trouve enfin des proies à sa mesure. Si mauvaise était la mer, continue la monitrice, que l'Amiral Système coula, que tout périt de l'Amiral Système et les gens et les biens, sauf lui, cette espèce de petit David, et figurez-vous qu'un requin passe par là, qu'il le voit nageant et pleurant et allez voir ce qui se passe dans la tête de ce requin ce jour-là, il dit à David, allez, monte sur mon dos petit enfant, je vais te mener à une île déserte, et les voilà partis tous les deux et le requin raconte à David qu'il connaît bien l'endroit parce qu'il fait la police pour le compte des bancs de harengs dans les ports de Long

Island et de Nantucket et qu'il en a vu des naufrages, oh qu'il en a vu. Je ne connais rien d'Antifer, sauf le mot, il est sans désinence, il est étrange, comme en instance constante de prendre un sens sans jamais y parvenir, inoubliable. L'enfant est là, celui qui ne parle pas. Est-ce qu'il écoute l'histoire de David ? La monitrice dit que le requin va très vite à la surface de la mer et qu'il fait se lever deux grandes gerbes neigeuses à ses côtés, qu'il raconte en hurlant comment il passe sa vie sous des installations portuaires pour espionner les pêcheurs et aller prévenir les harengs. La monitrice raconte très lentement et très bien, elle veut que les enfants restent tranquilles et les enfants, ils restent complètement tranquilles. Ratekétaboum est le nom du requin. Rakéboumboum, répètent les enfants. L'enfant qui se tait écoute-t-il l'histoire ? On ne peut pas savoir sous quelle forme elle lui parvient, c'est un peu comme si c'était la première fois qu'il écoutait une histoire. Il ne bouge pas, il regarde la monitrice, mais dans ses yeux gris on ne voit rien. Peut-être est-il dans l'insensibilité, c'est possible. Que rien en lui ne réponde à l'histoire, qu'il n'ait pas encore le loisir, le temps, oui, le temps, de se glisser hors de lui, c'est possible aussi. « Lui », ce mot, c'est encore ce qu'il regarde, ce qu'il voit, c'est encore cet

28

arrachement de l'extérieur de lui et cet engouffrement dans l'intérieur de lui de ce qu'il regarde et de ce qu'il voit, ces deux mouvements inséparables, d'une force égale. Et c'est encore l'ignorance dans laquelle il est de cela. Le temps est si calme que des bandes d'hirondelles viennent au-dessus de la plage, pour chasser les insectes, elles croient à un immense étang, elles s'aperçoivent de leur erreur, repartent vers les collines. Le requin gronde David qui pleure, il lui dit que ce n'est pas gentil de lui rappeler que c'est lui qui a avalé les passagers de l'Amiral Système parmi lesquels père et mère de David, alors David s'excuse auprès du requin et il retient ses larmes tandis que l'île apparaît au-dessus de la mer, c'est une île équatoriale, comme un bouquet de palmes, et maintenant allez tous vous baigner, dit la monitrice, la suite au prochain numéro. Hurlements d'indignation et ils vont tous se jeter dans la mer facile et chaude. Et puis le 25 juillet est arrivé, sans crier gare, comme le cyclone, caniculaire. Le soleil était là, fixe comme la loi et il a fait trente degrés à l'ombre. Les gens ont dit qu'il fallait s'attendre à tout sur cette côte en apparence accueillante, mais même les harengs n'y fraient pas, ils vont à la côte irlandaise, ils contournent celle-ci comme au crétacé quand c'était fermé. Et

29

puis la plage a été abandonnée et les gens sont allés s'allonger à l'ombre des arbres, des toiles, des murs de ces grands hôtels délaissés derrière lesquels on attendait le soir pour s'en aller sortir dehors il y a de cela une cinquantaine d'années. Et puis, de nouveau, une fois le fort de la chaleur brisé, les gens sont revenus, la plage a été de nouveau recouverte du corps de beaucoup de personnes qui prenaient leurs vacances coûte que coûte à la fonction qu'ils ont dans la société. Et il y a eu, étalé sur cette plage, un quotient d'intelligence inférieur à celui qu'il eût été si ces gens avaient été par exemple des chaldéens, des vikings, des juifs, des chiites, des mandchous en train d'adorer leurs dieux ou leurs morts il y a dix mille ans. Et de cela, moi, je suis sûre, et cela, moi je le sais. Que de ce côté-ci de la plage ils sont tous riches parce que tous doués de l'intelligence actuellement en cours, la seule qui nourrisse son sujet, celle de la bêtise positive, fiable, non dotée de pensée mais d'irrépressible logique et qui exclut de son trajet de plus en plus rétréci tout ce qui ne concerne pas sa propre causalité, je le sais. Voilà qui sont ces gens, qui sont des supérieurs et qui ont des supérieurs et qui signent leurs lettres : veuillez agréer monsieur le supérieur l'expression de mes sentiments les plus rabougris. Ils sont les milliardaires des lieux. Ne sont plus qu'eux-mêmes, rien d'autre qu'eux-mêmes, à ne même plus pouvoir concevoir que ce qu'ils ont fait ce n'était pas la peine de le faire, les têtes chercheuses des missiles, les cartes bancaires internationales et les moulins à café. La grande disponibilité de l'homme face à sa création a été abandonnée. Oui. Ainsi, hier soir, les membres du jury de Moscou ont encore mis beaucoup de temps à s'avouer que les jeunes gymnastes russe et allemande étaient parfaites mais que ce n'était pas suffisant et qu'il ne fallait pas punir cette espèce de petite Roumaine, cette Nadia Comaneci, si l'inexprimable de sa grâce ne relevait pas des critères sportifs selon le régime. Et les nuits ont été chaudes, et les jours, et les petits enfants des colonies ont fait la sieste sous les tentes bleues et blanches. Et l'enfant qui se tait avait les yeux fermés et rien ne le distinguait des autres enfants, il avait cette gravité, cette attention qu'on paraît porter à une pensée secrète lorsqu'on dort. La jeune monitrice est venue près de l'enfant. Et il a ouvert les yeux. Tu dormais ? Il réfléchit, toujours ce sourire d'excuse, il ne répond pas. Tu ne sais pas quand tu dors ? Il réfléchit encore, il sourit encore, toujours dans cette peur de blesser, il dit qu'il ne sait pas bien. Tu as quel âge ?

Il a six ans et demi. La monitrice le regarde
avec intensité et elle lui sourit elle aussi :
on est obligé de raconter des histoires aux
enfants, tu le comprends ? Il fait signe que
oui. La monitrice continue à le regarder, ses
lèvres tremblent. Je peux te faire un baiser ?
Il sourit, oui, elle peut. Elle le prend dans
ses bras et elle embrasse très fort ses cheveux, respire de toutes ses forces le parfum
du corps de l'enfant. Elle a un sanglot,
desserre ses bras de l'enfant, attend que
l'émotion la quitte, et l'enfant attend avec
elle que cesse cette émotion. C'est fait, elle
a retiré ses bras et ses lèvres du corps de l'enfant. Il y a des larmes dans ses yeux, l'enfant
le voit, alors il parle, mais non de cette peine,
il dit qu'il regrette les jours quand il y avait
de la tempête, des vagues fortes, la pluie.

4

L'été est là, indubitable. Il fait chaud. Il y a des orages qui passent et qui crèvent sur la Manche presque chaque jour, mais après ces orages le soleil est brûlant. Il ne dissipe pas la tristesse de la plage. Rien ne peut plus le faire. L'été est venu trop tard. Anouar el Sadate a enterré l'empereur d'Iran avec une pompe égale à celle à laquelle il aurait eu droit s'il avait été en pleine gloire, régnant et pur. Cela parce que au cours de la guerre de 73 ce même empereur avait rendu un service au peuple égyptien. Sadate avait dit : je n'oublierai jamais. Il n'a pas oublié. Sadate a conduit le deuil du shah d'Iran seul sur la scène mondiale. A côté de lui il y avait le « voyou » Nixon. Je troque aisément le Watergate, une fraude électorale de plus ou de moins, contre ce geste d'aller au Caire. Il y est allé parce que, du moment que dans les bons jours l'Amérique était allée à Persépolis, elle se devait dans les jours noirs d'aller aussi au Caire. Il n'y avait aucun doute possible, il fallait aller au Caire comme on était allé à Persépolis quand on connaissait déjà les crimes de l'empereur. Ce manque de loyauté est beaucoup plus grave pour Carter que la compromission du fait de son frère et pour Giscard d'Estaing que les cadeaux de Bokassa ou le trafic boursier. De Gaulle serait allé au Caire. Ça doit être très rare de ne faire qu'un avec sa fonction, d'oser, d'être le même individu face à l'Etat et face à sa vie. Sadate est sans doute le seul au monde. Oui, la chaleur est là, de nuit, de jour, de nuit moins oppressante. Des couples passent sous les réverbères du chemin de planches, la plage est très claire, dans les halos des réverbères, presque blanche, la clarté de la nuit est presque aussi intense que là-bas où je suis née, et du côté du Havre les quais vides sont encore les chemins de douane des postes-frontières du Siam. Toute la ville est ouverte sur la chaleur. Il n'y a pas du tout de vent, même au bord de la mer. Elle est basse, loin, on devine l'étendue mate des sables, on entend à peine le halètement de la retombée des vagues, dans le silence de loin en loin, son souffle. Je regarde. Et tandis que je regarde voici que la plage me porte vers la lecture brûlante d'un livre passé. Cette lecture se referme, c'est une plaie douloureuse, encore, presque insupportable. Toujours cette ligne droite des pétroliers dans l'axe d'Antifer. Entre eux et nous c'est la baie de la Seine, il y a beaucoup de bateaux de pêche, on entend le bruit des moteurs et celui de l'eau remuée, les rires et les appels des pêcheurs du Gange. Les couples passent et repassent, ils regardent tous vers la mer, vers cette zone passante de la baie. Quelquefois ils quittent le chemin de planches, ils vont vers les sables de la marée basse, on les perd de vue, le chemin de planches reste évident sous la lumière. De nouveau, le livre, cette brûlure de la lecture du livre, je vois les pages et je vois aussi la chambre décrite, le printemps froid, les fenêtres ouvertes sur un parc, une avenue, les ombres glissantes du soir, bleues, qui pénètrent dans la chambre, et je vois qu'ils se regardent à perte de vue sans pouvoir défaire leurs yeux de leurs yeux, sans un geste alors qu'ils ne se sont jamais touchés, sans un mot alors qu'ils ne se sont jamais dit qu'ils s'aimaient, je vois qu'ils sont enfermés dans cette maison de Vienne après la mort du père, depuis des mois, je vois qu'ils sont frère et sœur, que leur marche, leurs yeux sont pareils, leur corps, qu'ils font attention dans la ville pour qu'on ne devine pas, et je vois que rien ne se passera jamais, rien, pour faire que cet amour puisse enfin mourir. Le livre n'est pas terminé. La fin n'a pas été écrite, elle n'a jamais été trouvée. Elle n'aurait jamais été trouvée. La fin mortelle du livre n'existait pas, n'existe pas. Le supplice est sans fin. La fin est à toutes les pages du livre. L'auteur est mort. Le livre est là tout à coup, dans un isolement effrayant, éternisé dans la brutalité de son arrêt. Puis il se referme. Sur le chemin de planches, longue et sombre, si mince qu'on dirait une ombre, passe la jeune monitrice de la plage. Elle est avec l'enfant. Il marche un peu à côté d'elle, ils vont lentement, elle lui parle, elle lui dit qu'elle l'aime, qu'elle aime un enfant. Elle lui dit d'écouter ce qu'elle dit comme une histoire qui ne s'adresserait pas à lui, ou bien de l'écouter, comme il veut, elle lui dit son âge, dix-huit ans, et son nom. Il répète son nom. Il est mince, maigre, ils ont eux aussi le même corps, la même démarche un peu lasse, longue. Sous le réverbère elle s'est arrêtée, elle a pris son visage dans sa main et elle l'a levé vers la lumière, pour voir ses yeux dit-elle, les yeux incommensurablement gris. Elle lâche le visage, elle lui parle encore, elle lui dit qu'il se souviendra toute sa vie de cette soirée d'été et d'elle. Elle lui dit que lorsqu'il

36

aura dix-huit ans, s'il se souvient de la date, et de l'heure du 30 juillet, minuit, il pourra venir, qu'elle y sera. Elle lui dit de bien regarder, ce soir, les étoiles, la mer, la ville là-bas, tous ces bateaux de pêche, ces bruits, écoute, que c'est l'été de ses six ans. Et ils marchent vers la mer, jusqu'à disparaître dans les sables, jusqu'à l'épouvante. Jusqu'à ce qu'ils reviennent par les tennis. Elle le porte sur ses épaules. Elle chante. Il s'est couché contre le corps de la jeune fille et il s'est endormi. Ils quittent le chemin de planches et disparaissent dans les collines. Après leur départ il fait tout à fait nuit. Et le jour vient très tôt s'emparer du sommeil. Il est clair, limpide, c'est dans la nuit qu'il a plu. Les Jeux olympiques se terminent comme une mascarade sanglante, la grande parade finale, Interville — Broadway, majorettes en moins — fait étalement d'une richesse inépuisable en chair humaine. Les images vivantes de la clôture des J. O. rappellent les ensembles mussoliniens et hitlériens des J. O. de Munich en 1936, la masse humaine est déjà celle des bilans de guerre, des goulags. On comprendra dans quelques années qu'on a vécu en août 80 le Munich de septembre 38. Les Jeux de Moscou ont consacré la cession de l'Afghanistan aux Soviétiques comme l'entrevue de

37

Munich a imposé aux Tchèques de donner la province sudète à Hitler. De même, la similitude est décidément atroce, elle consacrait l'Anchluss de mars 38 et le meurtre de Schuschnigg. C'est aussi la caution des J. O., cette occupation par les J. O. de l'espace télévisé, qui vient de permettre à la Russie soviétique, en faisant grand bruit du fait qu'elle retirait ses troupes et ses chars de l'Allemagne de l'Est, d'en remettre d'autres plus nombreux et plus modernes, mille nouveaux chars de type actuel, non seulement en Allemagne de l'Est mais en Pologne et en Tchécoslovaquie. On ne peut pas s'empêcher de penser qu'il y a là de la part de l'Europe comme un acquiescement à la solution criminelle de l'histoire, une façon de finir. Car ce ne sont pas les personnels gouvernementaux qui gêneront les Soviétiques s'ils arrivaient demain à Paris, au contraire, ils constituent, bien encadrés, une bonne base de commis fonctionnaires, une économie de fonctionnaires. Valets. Rappelez-vous l'Allemagne nazie. Pour nos gouverneurs et leur meilleur suppôt, le P. C. F., la fin du monde, c'est la bombe atomique. Pour nous, ce n'est pas la bombe atomique. Pour nous, c'est le règne prospère et définitif de la Russie soviétique sur le continent européen. Pour eux, cela est beaucoup moins grave que de mourir. Pour nous, non. Est-ce qu'il ne faudrait pas le leur faire dire, que nous nous ne l'entendons pas ainsi ? Alors, dit la jeune monitrice, voici l'île équatoriale. Ratekétaboum dépose David sur une plage de l'île. Te voilà dans l'île de la source, dit-il. Je vous remercie, dit David. Hélas, dit le requin, hélas, voici que j'ai de nouveau faim, il regarde David avidement, il dit qu'à le voir si frais, si bien nourri, hélas. Il dit qu'il serait même capable de, oui, c'est ce qu'il veut dire, que son existence est épouvantable, une calamité, qu'il mange son propre volume de nourriture par jour, qu'il n'a pas assez de sa vie pour se garder en vie, qu'il finit par avaler ses propres amis sans s'en apercevoir et ainsi de suite, il parle sans que David puisse rien faire pour le calmer, alors David se dit que le requin est en train de tomber dans une profonde dépression, et qu'il vaut mieux le laisser tomber dedans complètement, alors il s'éloigne et il joue d'un petit harmonica qu'il a retrouvé dans sa poche, mais voici que le requin, à l'entendre, pleure encore plus fort parce que la chanson parle d'une dame très jolie et très douce mais qui a un fiancé qui est parti, pas de chance, sur la mer, qu'il se met à parler très haut, très fort, à une vitesse anormale et dans une langue n'importe comment, de

grognements et de rien, d'exclamations
incroyables, claquements de dents et on
pleure, alors à la fin David lui dit de se
calmer, qu'il ne comprend pas ce qu'il
raconte, alors le requin se calme tout de
suite, il s'excuse de s'être laissé aller au
désespoir mais que c'est la dernière fois,
ensuite il dit que d'ailleurs, en résumé, ce
qu'il a dit c'était tout ce qu'il avait à dire,
pas un mot de plus, un point c'est tout, sans
dire du tout ce qu'il a dit, et puis ensuite
il dit qu'il a compris, on ne sait pas quoi, et
qu'il va partir pour le Guatemala, un peu
de mer chaude en hiver, c'est bon pour la
bronchite chronique et puis voilà tout. David
demande au requin s'il n'a pas la tête un peu
dérangée et le requin dit que oui, un tout
petit peu, qu'il le remercie mais que c'est
rien de grave, alors ils se quittent, ils se
souhaitent bon séjour et bon voyage. Après,
David monte en haut d'un cocotier, il accro-
che son maillot rouge à une branche pour
signaler aux bateaux qu'il y a ici un enfant.
Et puis il s'allonge, il se dit qu'il est devenu
un petit enfant perdu au milieu de l'océan,
que c'est une vie nouvelle qui commence et
il s'endort dans sa nouvelle perdition, il se
réveille, il regarde autour de lui, il se rendort
encore, il se réveille encore, et longtemps
comme ça, aller et retour. La jeune monitrice

raconte longuement la perdition de David sur l'île, elle quitte les enfants des yeux et elle se met à raconter un peu à côté de l'histoire de David, elle dit que David a les yeux gris, qu'il ne parle pas, que ses cheveux ont l'odeur de l'air après qu'il a balayé la mer. Elle dit que David allait grandir et que c'était une chose qui lui donnait à elle envie de mourir. L'enfant qui se tait est assis à côté d'elle. Ils ne se regardent pas. Les enfants, ils sont tellement tranquilles et contents avec cette jeune monitrice qu'ils écoutent tout ce qu'elle dit, même sur la perdition de David. Oui, alors David dort, se réveille, dort, se réveille encore et puis un soir, un jour, le soir d'un jour, il arrive quelque chose à David. Ce soir-là, le ciel est d'un côté couleur d'orage et d'or, de l'autre côté il est couleur des yeux de David, et la mer, elle, elle est couleur de la nuit tout épaissie de noir profond, vous savez bien, vous voyez ? Oui, ils voient bien ce soir-là qu'elle dit. Mais la jeune monitrice se couche sur le sable et elle dit qu'elle a sommeil. Alors les enfants hurlent, ils la tapent, ils lui disent sale méchante et elle, elle rit. Alors, tu vas raconter ou on te tue. Et elle elle rit et elle s'endort en riant et eux ils vont tous se baigner dans la mer.

41

5

La mer est haute, étale, sa surface est lisse, parfaite, une soie sous le ciel lourd et gris. Depuis quelques jours les orages s'éloignent et fuient vers le large. Ce n'est pas ici qu'il va pleuvoir aujourd'hui mais en haute mer. Dix heures du matin. Ici, il fera beau. On le sait déjà à cause de ce vent léger qui souffle de la terre, cette clarté sans ombres qui se répand en grandes nappes inégales sur la mer, et cette lumière par instants jaune qui colore le sable, la ville. Au loin, la chaîne noire d'Antifer. Ce matin, il y a aussi un grand cargo blanc. La faim encore une fois s'est abattue sur l'Afrique, cette fois sur l'Ouganda. La télévision a montré des Images de l'Ouganda. La télévision montre toujours très fidèlement les images de la faim. Des équipes partent et vont la photographier, de cette façon nous la voyons agir. Je pense que c'est mieux de voir que d'entendre dire.

Ainsi nous regardons l'Ouganda, nous nous regardons dans l'Ouganda, nous nous regardons dans la faim. Certes, ceux-ci sont très éloignés déjà dans le voyage de la faim mais nous les reconnaissons encore, nous avons l'expérience de cette donnée, nous avons vu le Vietnam, les camps nazis, je l'ai regardée dans ma chambre à Paris pendant dix-sept jours d'agonie. Ceux-ci, cette fois, sont encore plus en avance que les autres dans le dernier voyage de la terre vers sa stérilité définitive, cet effacement peu à peu de la pellicule de vie qui la recouvre. On sait que cela commencera par la raréfaction des eaux, puis par celle des plantes, des animaux, et puis que cela finira tout à fait avec une douce et tendre désespérance de toute l'humanité restante, que j'appelle le bonheur. Déjà, ceux-ci se ressemblent. Ici le corps a l'épaisseur d'une planche, d'une main. Les pleurs ont disparu. La peur a disparu. Le rire. Le désespoir de la pensée. Nous les regardons avec passion. C'est nous, cette dernière apparence de l'homme, son dernier état. Ils ne sont plus que connaissance et écoute de cela qui se passe en eux, tout comme s'ils en étaient encore dans l'enfance, dans l'enfance de la mort, sans voix. Comme l'enfant qui regarde, ils meurent. Ils marchent encore pour la plupart, très lentement certes, mais ils arrivent à déplacer leurs corps jusqu'aux points de distribution de la bouillie vitaminée et des fontaines. Ils arrivent à le parquer à l'ombre, certains y parviennent. Il fait ici les quarante degrés fatidiques des zones de la faim. Le lien de famille ne se voit plus. Les femmes tiennent encore les bébés dans les bras mais les enfants qui marchent sont indépendants. Comme les déportés, ils se ressemblent, ils sont d'une surprenante similitude. Dans le sac de la peau le même squelette, les mêmes mains, le même visage, plus rien que ce résidu dernier dans son abstraction la plus avancée, la vie. Il n'y a plus d'enfants, plus de vieillards, plus d'âge, le regard est le même, privé d'objet, il se pose sur la caméra comme il le fait sur le sol. Ce sont les hommes d'argile, ceux des premiers déserts, ceux des derniers déserts. La boucle se referme. Eux, ce sont, non diversifiés, sans particularisme aucun, agglomérés les uns aux autres, ceux des Terrasses de Lorraine, ceux des années sèches de Lascaux, peut-être aussi ceux du Golan, ceux des rives du Tibériade, ceux qui attendent ensemble les pluies fécondes, le retour des hardes de cerfs, les mannes des Dieux. Ils sont nus. Leur seul bien est cette gamelle, boîte de conserve ou morceau de récipient susceptible de contenir la bouillie liquide, l'eau. Je ne pense rien devant l'Ouganda. Au retour des camps de concentration, de même, je ne pensais rien. Si je pense quelque chose, j'ignore quoi, je suis incapable de l'énoncer. Je vois. Je fuis ceux des gens qui au sortir d'apprendre ces choses ou de les voir savent déjà penser, et quoi, et quoi dire, et comment conclure. Il faut se garder de ces gens parce qu'ils veulent avant tout perdre ce savoir-là, l'éloigner d'eux en passant à sa résolution immédiate, il faut fuir ces gens qui parlent des remèdes et des causes, qui parlent de la musique dans la musique, qui, tandis qu'on joue une Suite pour violoncelle, parlent de Bach, qui, tandis qu'on parle de Dieu, parlent de religion. Reste l'enfant. Il est là. Une nuit est passée sur le temps gris et changeant. Ce matin le ciel est de laque bleue, le soleil est encore derrière les collines. Sur le chemin de planches, l'enfant est passé. Il n'y avait presque personne encore sur la plage, quelques promeneurs, ils se retournent sur l'enfant qui marche. Tout en marchant il joue avec une bille qu'il lance et qu'il rattrape. Je le regarde jusqu'à ce qu'il disparaisse à la hauteur du bar-tabac de la plage. Puis je ferme les yeux pour retrouver en moi l'immensité du regard gris. Je le retrouve. C'est un regard qui passe outre à ce qu'il regarde et qui chaque fois se perd. On entend déjà le reste de la colonie qui dévale les pentes de la colline. En descendant ils chantent toujours la même chanson, personne ne peut en saisir le moindre mot. La jeune monitrice s'arrête sur le chemin de planches et regarde revenir l'enfant. Elle le rejoint. Il lui donne la carte postale qu'il vient d'acheter au bazar et elle la met dans son sac de plage. Ils ne se disent rien. Toute la colonie se baigne. Dans la mer, de même que dans le sommeil, je ne distingue pas l'enfant des autres enfants. Je le vois quand elle le rejoint. Elle le prend sur ses épaules et ils avancent dans la mer comme pour mourir ensemble, loin. Puis, en revenant, elle le fait nager près d'elle, lentement. Les voici. Ils sortent de la mer. Il a le corps d'un Ougandais blanc. C'est elle qui essuie son corps. Puis elle le laisse. Elle retourne dans la mer. Il la regarde. Le soleil est maintenant sorti des collines et inonde la plage, la mer, l'enfant. Elle marche encore, loin, à marée basse il faut marcher loin pour atteindre la mer profonde. Elle l'a atteinte. Alors elle entre dans l'eau, se retourne, envoie un baiser dans la direction de l'enfant et puis s'en va vers le large, tête baissée dans la mer. Il la regarde toujours, immobile. On la suit bien des yeux sur la surface plate. Autour d'elle la mer est oubliée du vent, elle est délaissée par sa propre puissance, elle a la

47

grâce d'une endormie profonde. L'enfant s'est allongé. Et voici de nouveau que le ciel se couvre légèrement, des passages de nuages toujours. L'habitude vient de ce ciel inconstant, de cette route des vents qui convoient les pluies et les lœss jusqu'aux rives de la Chine. Autour de l'enfant tournoie le monde, ce jour ici tout entier contenu dans ses yeux. La jeune fille est revenue, son corps est maintenant étendu auprès de celui de l'enfant. Ils se taisent, les yeux fermés, longtemps. A l'autre bout du monde, la mer, celle-ci, emportée par un vent de deux cent cinquante kilomètres-heure, dégage la force de la bombe d'Hiroshima toutes les quatre secondes. Elle s'appelle là-bas le cyclone Allen. Aucune invention humaine ne pourra jamais réduire sa force à merci ou même l'assagir. On apprend qu'il ne le faut d'ailleurs pas, que celle-ci est bonne pour la vie des océans, celle de la terre, le régime de ses pluies, de ses courants, l'aération de ses eaux, qu'elle assure la régulation de ses énergies, de ses saisons, de ses climats. Devant Allen, face à lui, ces corps devant moi, de la jeune fille et de l'enfant. Bologne, oui. Bologne, je crois qu'il n'y a rien à dire. Que l'attentat soit de gauche ou de droite, cela m'est totalement indifférent. Un ami m'écrit que « les extrémistes de gauche s'en prennent à des catégories minoritaires d'individus et que ce que les fascistes rêvent interminablement de punir, surtout s'il est libre et lucide, ce n'est rien de moins que le peuple ». C'est possible. Cela m'indiffère. Je vois que ce sont les mêmes gens qui accomplissent ces crimes, qu'ils ont tous pareillement au départ ce goût profond, inaltérable, de tuer. Que c'est après l'assouvissement de cette passion de tuer qu'ils opèrent cette discrimination dite plus haut, et cela par goût du paraître, qu'ils se choisissent des sigles, des appellations commerciales de commerçants véreux trouvées dans les vieilles B. D. Il faudrait bien sûr que la police aille voir à l'intérieur de son propre corps quelles sont les vraies cautions, qu'elle aille voir aussi dans ces arrière-politiques apparemment insoupçonnables, là où l'argent est donné aux réseaux pour la location des appartements, les autos de luxe, les armes, les pots-de-vin, le champagne après la mostra de Bologne. Mais cela, on le sait, la police ne le fera jamais, jamais. Alors il ne faut pas écouter les hommes d'Etat, il ne faut pas lire les journaux quand ils vous expliquent les mécanismes terroristes dans leur diversité. C'est peine perdue. En Iran on tue jusqu'à l'ennui. L'Iran ennuie le monde entier. Reste l'enfant. Ce soir-là, dit la jeune monitrice.

David entend quelque chose dans l'île. Ce n'est pas un arbre qui craque, ni une pierre qui tombe, c'est un bruit vivant. C'est dans l'île. David cherche, c'est un bruit que David connaît mais il a oublié le mot, et la jeune monitrice dit qu'elle l'a oublié elle aussi, elle regarde l'enfant qui le dit dans une légère crispation de ses yeux. Il dit : c'est pleurer. Oui. C'était le mot. On pleure dans l'île mais sans rien réclamer, sans crier, sans colère, sans bien savoir qu'on pleure peut-être, en dormant peut-être, comme on respire. David cherche qui. Il se retourne. Il voit une chose très merveilleuse, parmi les arbres, couchée, allongée sur le flanc de la colline, dans la lumière dorée, toute la compagnie ensemble de tous les animaux de l'île. C'est une grande tache fauve, blanche, noire, trouée par les diamants des yeux qui regardent David. Ils ont le même regard doux et épouvanté que David. Je suis perdu, crie David, je suis un enfant, n'ayez pas peur de moi. La peur disparaît de leurs yeux. Qui pleure ? demande David. La source, disent les animaux. Chaque soir au coucher du soleil la source pleure. Cette source vient du Guatemala, elle traverse beaucoup d'océans pour venir, vingt-deux pays de ces terres au fond des mers, elle est très vieille, elle a sept cent millions d'années, elle désire la mort. Ils se taisent.

On dirait qu'elle écoute, dit David. Elle écoute, disent les animaux. Elle ne pense pas tout le temps à mourir, disent les animaux, quelquefois elle oublie. Ils se taisent encore. On appelle. C'est elle, disent les animaux. La source demande qui est là dans l'île, elle dit que depuis quelque temps on marche, un animal qu'elle ne reconnaît pas. C'est un enfant, répondent les animaux. Un petit d'homme ? C'est ça. La source se tait. Puis elle reprend : a-t-il des mains, cet enfant ? L'enfant montre ses mains aux animaux, qui répondent que oui. Ils viennent tous vers l'enfant et regardent ses mains. David leur montre comment il s'en sert, il ramasse une pierre, la lance en l'air, la rattrape, il joue de l'harmonica. Les animaux disent à la source ce qu'ils voient. Est-ce qu'il sait tuer ? demande la source. David dit que non. Un long moment se passe et, tandis que le soleil se noie dans la mer et qu'un grand calme se fait partout, on entend un énorme ruissellement d'eau. Elle sort de la citerne Atlantique disent les animaux, la voici. La source sort de la colline. C'est une géante, une montagne d'eau, elle est vitreuse comme une masse d'émeraude. Elle est sans bras, sans visage. Elle est aveugle. Elle marche très très lentement pour ne pas défaire toutes ses eaux qu'elle porte autour d'elle, retenues autour de son corps. Elle pleure. Elle cherche les mains de David. Les animaux viennent autour d'elle et la protège de David. Une dernière lueur du couchant entre dans ses yeux morts. Et puis il fait tout à fait nuit. David, David. Elle cherche David pour mourir. De la montagne d'eau sort de la lumière qui éclaire la colline. Elle pleure. Elle appelle la mort. David. David. Elle est comme une vague lente qui avancerait hors de la mer. David, David. David sort son petit harmonica et joue une très vieille danse du Guatemala. La source s'arrête de marcher, interdite tout d'abord et puis, petit à petit, avec une lenteur infinie, elle bouge. Et voici, voici qu'elle danse et commence à oublier la mort. Jusqu'au jour elle dansait, dit la jeune fille, et lorsque le jour venait et s'engouffrait dans ses yeux morts, les animaux de l'île la ramenaient dans son lit, la grotte sombre de la citerne Atlantique. La jeune monitrice se tait. Les enfants s'éloignent. Elle pleure. L'enfant se couche le long d'elle et se tait.

6

Tout d'abord, apparemment, rien de nouveau n'est arrivé ces jours-ci, rien que le passage du temps, le meurtre, et la faim, et l'Iran, l'Afghanistan, et puis, peu à peu un événement nouveau émerge de la durée des jours, il a lieu au plus loin de nous, très loin, en Pologne, c'est la grève calme des ouvriers du chantier naval de Gdansk. On sait les chiffres, ils sont passés de dix-sept mille à trente mille, et que cela a commencé il y a sept semaines. On ne sait que ça. Ici, tout près de moi, de part et d'autre de la Touques ce 15 août, la population devrait approcher du million. A la hauteur des tennis et des cabines de bains, elle devrait avoir la densité de celle de Calcutta. Toujours ce temps parfait, cette mer plate, d'un bleu tendre par endroits plus sombre. Un orage brouille la couleur et les lignes si claires mais il passe vite et de nouveau le bleu est là, la platitude millénaire de la mer. Quand la mer dormait ainsi sous le ciel vide, avant, les hommes s'effrayaient. A ce moment-là, l'infini du monde était à la portée de la main, dans les animaux, les forêts, la terre elle-même alors infinie, la mer. Rien de cela n'avait encore de forme décidée, l'évidence éclatait qu'elle n'en aurait jamais, et déjà les hommes pressentaient que le monde était vieux. Que le sommeil de la mer en était signe. Comme en était signe aussi leur songe lui-même. Le présent a toujours dû être vécu de cette façon par les hommes, comme étant celui, évident, de la fin des temps. Le tragique est là, là où nous sommes, la peur, avant nous, personne ne la connaît. L'opacité de l'avenir a toujours troublé notre tête fragile et douloureuse, ce ratage poignant d'ordre divin. C'est cette opacité du lendemain qui a porté l'homme vers les Dieux et qui le porte encore corps et biens vers le culte de cette instance de l'Etat. Sans sa peur, l'homme irait seul et sans aide au-devant de l'inconnaissable de sa vie. Mais a-t-il été une seule fois, un seul jour, cet homme-là ? Non. Toutes les civilisations se sont attribuées le privilège du savoir de cette opacité fondamentale. Et toutes en ont abusé. L'Etat, c'est l'institution de cet abus. Nous voyons l'histoire comme nous voyons notre enfance, nos parents, sans finalité autre que celle de notre avènement. Pour nous, en vie, sa durée a toujours été illusoire, elle n'a eu de sens que de notre fait, qu'apparentée à nous, à notre corps, à l'absolue finalité que nous sommes à nos propres yeux. Le judaïsme devrait être seul à vivre l'Histoire comme un temps sans devenir, sans aménagement, piétinant, sans illusion de progrès, d'éternel, de sens. Près de moi, cette plage comble, cette révolution solaire dans le cercle du ciel. Et puis l'enfant. Gdansk me fait trembler comme me fait trembler l'enfant. L'enfant est passé. Puis la colonie. La jeune fille n'était pas dans le groupe des monitrices. Elle est arrivée plus tard, elle portait le pain du déjeuner. La colonie s'est perdue dans le nombre de la plage. Avec la matinée qui avance le temps devient aussi acéré, étincelant, qu'un silex. Dans l'axe d'Antifer, vingt et un bateaux attendent les sept mètres d'eau de la marée haute. La ville est inaccessible depuis hier soir. Impossible d'y pénétrer. Elle est recouverte dans son entier d'autos qui tournent à la recherche d'un parking proche de la plage. Il n'y a plus aucun parking. Il faut faire une demi-heure de queue pour acheter une tranche de jambon. Tous les magasins sont ouverts. Il n'y a plus d'horaires, les restaurants servent des repas toute la journée. Le 15 août, ici, c'est aussi cette fête-là, celle du dimanche supprimée et remplacée par la fête de tous les jours. Ces autos qui tournent, à quarante à l'heure, comblées d'enfants, sacs de couchage sur le toit, cabas de nourriture mélangés aux enfants, ils finissent par laisser l'auto là où ils sont, allez on y va, ils courent à la plage. La police hurle dans les haut-parleurs les numéros des autos qui obstruent les voies vers Paris, Caen, Honfleur. Je ne sors pas, je ne lis pas, je ne fais rien que regarder le jour qui passe, dormir, ne pas pouvoir travailler. Je sais que le téléphone ne marche plus à Gdansk, qu'on ne peut plus y aller, que les Lignes Aériennes Polonaises répondent complet aux demandeurs de billets. La colonie est repartie avec le plein soleil, sans chanter. Aujourd'hui ils sont sages, comme chassés de la plage, intimidés. Leurs jours les plus heureux étaient les jours sombres et vastes de la pluie. Après que la colonie est passée, la jeune fille et l'enfant arrivent, loin derrière, toujours très lentement. Elle a la main posée autour du cou de l'enfant, elle lui parle. Il marche la tête légèrement levée vers elle, il l'écoute avec attention, parfois il sourit. Elle lui raconte les visites du requin Ratekétaboum à David, qu'une fois il arrive avec un accent

américain, une autre fois avec un accent
espagnol, une autre fois avec un accent de
rien du tout, un accent éternuant, mouchant,
rugissant et il faut le supporter parce qu'on
supporte tout, on supporte tout, il rit sans
aucune raison apparente, il raconte n'importe
quoi n'importe comment, dans l'ordre et le
désordre, il n'a aucun sens de rien, une fois
il dit qu'il a vu une petite fille qui pleurait
parce qu'elle avait perdu son ballon dans la
mer, et il pleure, une autre fois c'est une
guerre, et il rit, une autre fois encore il a vu
rien du tout et il se tord de rire, une autre
fois il arrive avec une casquette de sport qu'il
a trouvé dans les égouts de New York en
allant écouter du rock on ne sait où. Alors
à la fin David lui demande si tous les requins
sont comme lui, aussi originaux que lui,
Ratekétaboum, mais voilà-t-il pas qu'il ne
comprend pas le mot originaux, qu'il commence à crier à David qu'il ne comprend pas
que lui, David, ne comprenne pas qu'un
requin ne comprenne pas tous les mots, et il
recommence à hurler de plus en plus fort,
de plus en plus vite, et monsieur, je croyais
vous avoir dit que je n'étais qu'un pauvre
requin, je vous prie de me parler plus sim-
plement, et puis d'ailleurs que c'est fini entre
eux, etc. Alors David s'en va. Alors Ratekétaboum se calme aussitôt et lui demande

de revenir. Voilà les visites de ce requin. Ça, et, en plus, envie de manger David à chaque fois et des pleurs et, etc. Voilà. Et le temps passe, dit la jeune fille, et David grandit. L'enfant attend, la jeune fille ne raconte plus, alors il lui demande si la source danse toujours le soir. Oui, dit-elle, chaque soir jusqu'à la nuit venue, et pas toujours la polka du Guatemala, quelquefois un tango argentin de Carlos d'Alessio. L'enfant fait de nouveau un effort, toujours cette peine à parler, à intervenir, il demande combien de temps David est resté dans l'île. La jeune fille dit qu'il y est resté deux ans. Elle attend. L'enfant ne demande plus rien. Elle lui demande alors s'il veut savoir la fin de l'histoire. Il fait signe que non, qu'il ne veut pas. Ils se taisent longtemps. Ils marchent comme des étrangers dans la ville, seuls. La jeune fille pose encore une question à l'enfant, elle lui demande ce que lui aurait préféré que fasse David, qu'il tue la source ou qu'il la laisse en vie. L'enfant s'arrête et la regarde, elle est à son tour arrêtée devant lui. Il ne s'était pas posé cette question, il se la pose. La réponse est lente à venir, il hésite, les yeux cherchent ceux de la jeune fille, et puis il parle : qu'il tue la source. Les yeux restent posés sur ses yeux à elle, il attend peut-être qu'elle dise quelque chose, mais non, elle enlève ses yeux des siens. Ils se taisent encore un long moment. Puis l'enfant demande une dernière fois : et toi ? Elle dit qu'elle, elle ne sait pas. Il s'est blotti contre elle et ils marchent sans parler jusqu'à l'escalier des Roches noires. Ils disparaissent derrière les collines. De l'autre côté des vitres, la nuit est venue, très sombre. La télévision marche. J'ai vu les informations dans le dégoût, je l'ai laissée en marche. J'entends le ton haletant et affolé des journalistes de Jeux sans frontières, comme s'ils étaient dans l'épouvante de ne pas faire rire assez, c'est difficile à supporter mais je laisse la télévision marcher jusqu'au bout. Tout le programme y est passé, je n'ai pas vu une image. Ça m'arrive assez souvent. J'ai quitté Trouville hier après-midi, je suis à la campagne, je ne fais rien. Un responsable de Libération me téléphone pour me demander où j'en suis, je dis que je n'ai rien fait parce que je suis angoissée à cause de Gdansk. Il me dit d'écrire quand même, même ça, à savoir que je ne peux pas écrire à cause de Gdansk. Je dis que je vais essayer. Je reste devant les pages blanches longtemps et puis je ferme la maison, je monte dans ma chambre et de nouveau je suis devant les pages blanches de la grève de Gdansk. L'Ouganda, chacun peut le voir. Gdansk, non, presque personne ne peut voir ce qu'est Gdansk. Tout à coup la vérité éclate : presque personne n'est encore capable de ressentir le bonheur de ce qui se passe à Gdansk. Je suis seule, et dans ce bonheur. Je suis dans une solitude que je reconnais, qu'entre toutes nous reconnaissons, sans recours aucun désormais, irrémédiable, la solitude politique. C'est ce bonheur que je ne peux dire à personne qui m'empêche d'écrire. C'était ça. J'essaie de téléphoner à des amis anciens, personne n'est là, il n'y a personne nulle part. Les gens ne savent plus voir le bonheur qu'est Gdansk parce qu'il est de nature révolutionnaire et que la pensée révolutionnaire a quitté les gens. Je téléphone aux Renseignements, je demande le nom exact de la compagnie aérienne polonaise. Un jeune homme répond presque aussitôt : les Lignes Aériennes Polonaises, il me donne l'adresse et le numéro de téléphone. Il me dit : vous n'aurez pas de place dans les avions pour Gdansk, ils ne veulent pas qu'on aille voir. On parle quelques minutes. Il est pour la grève mais il croit qu'elle va rater. Je dis qu'elle va sans doute rater, oui, que les revendications sont énormes, enfin je parle de Gdansk avec quelqu'un, tellement énormes, les connaît-il ? Pas très bien. Il est une heure du matin, il a envie de parler lui aussi.

Je lui dis : ils veulent tout, ils ne céderont sur aucun point, ils veulent des choses que nulle part on ne leur accorderait, même dans les pays les plus riches. Il me demande : mais qui êtes-vous, une journaliste ? Je dis que non, que rien, que j'avais envie de parler de Gdansk avec quelqu'un. Ah, c'était ça. Je dis oui. Il dit que ça arrive souvent, dans la nuit, des gens qui ont envie de parler mais en général pas de politique, de leur vie. Je dis que quelquefois c'est pareil. Il me demande si j'ai peur pour Gdansk. J'hésite et je dis que non, je ne dis pas que la réussite ou l'échec de la grève de Gdansk m'est indifférent. Je dis que je suis heureuse que cela ait eu lieu, et lui ? Il dit qu'il n'est pas assez au courant, qu'il ne sait pas. Je commence à écrire le texte pour Libération.

7

Il y a un an, je vous envoyais les lettres
d'Aurélia Steiner. Je vous ai écrit ici de Melbourne, de Vancouver, de Paris. D'ici, au-
dessus de la mer, de cette chambre qui maintenant vous ressemble. Cette nuit, je vous
revois, vous que je ne connaissais pas, à cause
sans doute des nouvelles de Pologne et de la
faim qui me laissent, oui, vous voyez, qui
me laissent à moi-même abandonnée. Cette
chambre aurait pu être le lieu où nous nous
serions aimés, elle est donc ce lieu-là, de
notre amour. Je me devais de vous le dire
une fois, sur vous et moi je ne peux pas me
tromper. Je vous ai envoyé les lettres d'Aurélia Steiner, d'elle, écrites par moi, et vous
m'avez téléphoné pour me dire l'amour que
vous aviez pour elle, Aurélia. Après, j'ai
écrit d'autres lettres pour vous entendre parler d'elle, de moi qui la recèle et qui vous
la livre comme je l'aurais fait de moi-même

dans la folie meurtrière qui nous aurait unis. Je vous ai donné Aurélia. Je me suis adressée à vous dans ces moments-là pour que vous receviez la charge d'Aurélia naissante, vous, pour que vous soyez là entre elle et moi à ce moment-là, cela afin d'en être presque la cause même, vous voyez, comme, de la même façon, vous auriez pu être la cause même que je n'en écrive rien si par exemple nous nous étions aimés et tellement que ces mots d'Aurélia ne seraient pas venus au jour, mais seulement encore les nôtres, ceux de nos noms. Vous êtes donc ensemble la cause de l'existence et de la non-existence d'Aurélia Steiner en moi. Je vous donne encore cette nuit-ci, sans nom, sans forme. De même je vous donne Gdansk. De même que je vous ai donné les continents juifs, Aurélia, de même, comme je vous aurais donné mon propre corps, je vous donne Gdansk. Comme Aurélia, je ne peux pas garder Gdansk pour moi seule, comme j'écris Aurélia j'écris les mots de Gdansk, et comme Aurélia je dois vous adresser Gdansk au sortir de moi. La voici entre nous, entre nos corps contenue. Regardez-la. Elle est illuminante comme le désir, elle sort de l'épaisseur des ténèbres, elle est à nous. Regardez cet éclatement de l'esprit face à la mort généralisée du prolétariat, à son assassinat, comme elle nous est proche, comme elle nous a toujours été proche, autant que la vie même. Tous sont tristes à cause de Gdansk, sauf nous. La douleur qui a été la nôtre, la voici donc ici éclairement totalement nouveau de la conjoncture politique. Elle est telle un phare qui éclairerait la grande décharge nauséabonde du socialisme européen. Que les autres se taisent. Gdansk, c'est nous. Et c'est le réel. Et cette foi en Dieu rejoint ce réel, cette pratique interdite de Dieu est justement ce réel, l'irréel étant leur théorie interdisant cette soi-disant irréalité de Dieu. La tristesse des états-majors est inévitable. Car, vous voyez, on ne peut connaître le bonheur de Gdansk que dans un seul lieu, celui qui n'est pas contaminé par le pouvoir. Il est impossible de connaître ce bonheur si on a ne serait-ce qu'une parcelle du pouvoir à gérer, à sauver. Gdansk, c'était nous qu'ils ont voulu tuer, c'est le bien de tous et en même temps, au plus haut point, celui de chacun. Je vous vois, nous rions. Aujourd'hui, le vent est arrivé avec le soir, sans rafales, vous voyez, régulier, froid. Il a chassé les gens, les oiseaux, la couleur. Il était six heures du soir. La lumière fléchissait déjà, la mer était grise sous le ciel décoloré et vide, elle était comme au travail, déjà étrangère, oui, déjà à l'œuvre, à faire du vent, du froid. L'axe d'Antifer déblayé, l'horizon irréprochable. Et ce vent soudain qui prenait tout, et ce froid. Alors des gens l'ont dit, les premiers à oser : c'est déjà la fin de l'été. Les fenêtres de l'hôtel se sont fermées à la mer, et très tôt elles se sont éteintes. Le mieux, dans ce cas, est de dormir, ce cas étant celui de la difficulté à imaginer et de la répugnance à savoir. Il n'y avait personne sur le chemin de planches, que ce vent, personne non plus sur la plage. Durant les nuits chaudes, ici il y en a eu beaucoup ce mois d'août, il y avait toujours des promeneurs sur le chemin de planches, et sur la plage des couples, ils allaient se perdre dans l'espace effrayant du territoire de la mer. Cette nuit, non. De même, personne n'écrivait dans l'hôtel, personne dans la ville, nulle part, que moi. Les deux machines à écrire, toujours les mêmes, durant l'été, on n'entendait pas leur bruit s'échapper de l'hôtel. Et le vent est tombé vers deux heures du matin. Des passages, toujours, comme des urgences du temps, et puis des disparitions totales, des évanouissements. Sur le balcon j'ai vu, l'air était redevenu immobile et la mer de nouveau s'était endormie. J'ai pensé qu'ils n'auraient pas Gdansk, jamais, quoi qu'il arrive plus tard. Jamais. Que c'était nous qui l'avions. Et nous seuls. Qu'ils en étaient exclus. Et que leur tristesse était faite aussi du soupçon de notre bonheur. La nuit était sonore et creusée par l'absence des regards sur son obscure splendeur. On entendait comme son grain, son pas. J'étais là pour cela, pour voir ce que les autres ignoreraient toujours, cette nuit entre les nuits, celle-ci comme une autre, morne comme l'éternité, à elle seule l'invivable du monde. J'ai pensé à la concomitance de l'enfant et de la mer, à leur différence ressemblante, transportante. Je me suis dit qu'on écrivait toujours sur le corps mort du monde et, de même, sur le corps mort de l'amour. Que c'était dans les états d'absence que l'écrit s'engouffrait pour ne remplacer rien de ce qui avait été vécu ou supposé l'avoir été, mais pour en consigner le désert par lui laissé. Le calme de la nuit suivait le vent mais ce calme ce n'était pas le vent qui l'avait fait en se retirant, c'était autre chose, c'était aussi bien le matin qui venait. Les portes de la maison d'Aurélia Steiner sont ouvertes à tout, aux ouragans, à tous les marins des ports et cependant rien n'arrive dans ce lieu de la maison d'Aurélia que ce désert de l'écrit, que la consignation incessante de ce fait-là, ce désert. Je parle du deuil entier des juifs porté par elle comme son propre nom. Ces gens qui parlaient de Montaigne à la télévision, les avez-vous entendus ? Ils disaient que Montaigne avait quitté précocement, et le parlement de Bordeaux, et ses amis, et sa femme, et ses enfants, pour écrire. Il voulait réfléchir, disaient-ils, et écrire sur la morale et la religion. Je ne vois aucune décision de cet ordre dans la retraite de Montaigne, au contraire de la voir raisonnable j'y vois de la folie et de la passion. C'est pour continuer à vivre après la mort de La Boétie que Montaigne a commencé à écrire. Ce ne sont pas là choses de la morale. Et si, comme le disait Michel Beaujour, le seul à avoir osé, les « Essais » ne sont pas complètement lisibles et que personne ne les a jamais lus en entier, de même que la Bible, plus encore peut-être, c'est qu'ils ne s'évadent jamais de la singularité d'une relation particulière, éternisée ici par la mort, là par la foi. Si Montaigne avait écrit de sa douleur, celle-ci aurait convoyé tout l'écrit du monde. Or il n'écrit que comme pour ne pas écrire, ne pas trahir, justement en écrivant. De la sorte il nous laisse sans lui, émerveillés, comblés mais jamais en allés avec lui dans sa liberté. Vous savez, ce matin, le temps était de nouveau resplendissant, les plages se sont recouvertes de cerfs-volants, d'enfants, de familles éreintées par la vie, toujours tristes, vous voyez ? toujours. Les colonies de vacances ont tra-

versé le tout, elles chantaient ce matin, toujours cette indéchiffrable chanson. Et comme
toujours il y a eu d'autres enfants qui les ont
suivies, parce que rien, de prime abord, ne
les distingue des orphelins et que les orphelins, de même que les enfants perdus, exer-
cent sur les enfants pourvus de famille et
d'amour l'attrait incomparable de l'abandon.
Oui, il y avait là l'enfant aux yeux gris. Près
de lui, la jeune fille. De temps en temps il
ramassait des choses sur la plage et elle l'attendait. Et d'autres monitrices ont rassemblé
tous les enfants, toujours en avance sur ces
deux-là, et elle leur a dit : nous allons chanter. L'enfant aux yeux gris s'est assis près de
la jeune fille. Et tout le monde a chanté,
excepté l'enfant et la jeune fille. Les monitrices ont demandé à l'enfant de chanter avec
les autres et il n'a pas répondu. Alors la jeune
fille a dit que c'était parce qu'il ne pouvait
pas chanter avec les autres. On ne comprenait pas ce que disait la jeune fille. Et on
voulait que ce soit l'enfant qui réponde.
Pourquoi tu ne veux pas chanter ? Alors
l'enfant a regardé ces gens qui l'interro-
geaient, puis les autres enfants, comme s'il
se réveillait tout à coup, il était sans timi-
dité, mais, dans un étonnement un peu
effrayé et toujours dans cette légère crispation du visage, la profération des mots a

69

déchiré l'immobilité des traits, et il a dit : je ne veux pas chanter. On a hésité, on a dit à la jeune fille qu'elle protégeait trop cet enfant. Elle a répondu qu'elle ne le protégeait pas. On lui a dit que la singularité d'un enfant ne devait jamais être encouragée mais au contraire mise à l'épreuve de la règle commune, qu'elle devait le savoir. La jeune fille a répondu qu'elle ne comprenait pas ce qu'on disait. On lui a dit de s'en aller avec l'enfant, du moment que celui-ci se distinguait à ce point de ses camarades. Alors ils sont partis, vous savez, de l'autre côté du môle, vers les collines d'argile et les rochers noirs. Et là, elle a chanté pour l'enfant qu'à la claire fontaine elle s'était promenée, que sur la plus haute branche un rossignol chantait et que jamais elle ne l'oublierait, et l'enfant écoutait les paroles. La mer descendait et à cet endroit, entre les collines et la mer il y a un seuil plat, une large bande qui garde l'eau et qui reste longtemps chaque jour un miroir étincelant. Et la jeune fille a parlé à l'enfant, tandis qu'ils marchaient sur le miroir, d'une lecture récente, encore brûlante, dont elle ne pouvait pas se défaire. Qu'il s'agissait, disait-elle, d'un amour qui attendait la mort sans la provoquer, infiniment plus violent que s'il eût fait à travers le désir.

8

Le temps s'était couvert et la tempête
est arrivée portée par le vent du nord. Ce
vent était très fort, d'un seul tenant, sans
trêve aucune, un mur, lisse et droit. Et la
mer de nouveau s'est déchaînée. De la pluie
est venue pendant la nuit et elle a été chassée
par la force du vent. Toute la nuit ce vent
a hurlé, sous les portes, dans les failles des
murs, dans la tête, les vallées, le cœur, le
sommeil. De même la chambre de laquelle je
vous écris a-t-elle été toute la nuit dans le
grondement sombre et massif de la mer.
Entre ses eaux, des déplacements s'opéraient,
terribles, des fracassements, des éboulements
aussitôt colmatés que survenus et dont la
violence s'évanouissait dès la surface atteinte,
à peine l'air touché, dans un déferlement
d'une énorme blancheur. Des gens ont parlé,
ils avaient peur, ils ont dit : c'est le bruit
des convois, c'est celui de la guerre. Ils

voyaient dans les plaintes du vent des signes
de l'Est, ces signes de mort, vous savez
comme ils sont, comme nous sommes, dans
quel trouble de nos esprits, dans quel oubli,
toujours, de toute raison, comment nous
sommes toujours prêts à rejoindre la caverne
noire de notre peur des loups. Mais non,
ce n'était rien, rien que bruits de la mer et
du vent. Et vous voyez, le soleil s'est levé
sur le monde. Le ciel était nu et blanc mais
la mer était encore déchaînée. Elle est restée
longtemps ainsi, dans cet état, vous savez,
cet état nocturne d'aberration et de vanité,
insomniaque et vieille. Elle s'est débattue
longtemps sous le jour qui l'éclairait comme
si elle se devait d'achever ce broyage imbécile de ses propres eaux, elle-même proie
d'elle-même, d'une inconcevable grandeur.
Comme au premier jour elle portait à la plage
les brassées blanches de sa colère, les lui
ramenait comme son dû, comme une bête les
os, comme le passé les cendres des morts.
Oui, l'enfant aux yeux gris était là, et la
jeune fille aussi, ils regardaient la mer. Et je
les ai ramenés à moi eux aussi comme je le
fais de vous, de la mer et du vent et je vous
ai enfermés dans cette chambre égarée
au-dessus du temps. C'est au milieu du jour
de ce samedi d'août que la nouvelle est arrivée. Oui, Gdansk. Acceptée. La chose aurait

été signée. Comme vous, j'ai téléphoné à des gens, ils avaient entendu la nouvelle, la même et il n'y avait plus de doute possible, c'était fait. Je ne sais pas comment vous parler de cette nouvelle. Tout le monde en parle croyant être clair et tout à coup voici que cette clarté m'éloigne d'eux, si grande soit-elle, si judicieuse, si logique, si convaincante soit-elle, elle me rend à Gdansk comme à la patrie du silence. Parce que je crois que Gdansk c'est le silence qui est fait sur l'essentiel indéfinissable de ce qui a tenté d'être défini, de ce qui a été pulvérisé, émietté, séparé, oui, c'est le mot qui couvait, séparé par la parole. Je crois que Gdansk porte avant tout sur le silence, que le silence est le contenant du tout de Gdansk, sa miraculeuse nouveauté. J'avais parlé dans le détail de chacune des revendications de Gdansk et je viens de jeter ce que j'avais écrit. Gdansk est déjà dans l'avenir. Et même si elle échoue et qu'on la massacre et que coule son sang, elle aura eu lieu, elle est indéfaisable, monolithique et dans le même temps accessible à tous, absolument à tous ceux qui voient. L'exigence de Gdansk se trouve être dans une telle coïncidence avec l'exigence fondamentale de l'homme qu'elle en redonne comme un nouveau savoir mais, de même qu'elle, celui-ci est indéfaisable, et clair. La foudre est dans la conscience, elle n'est plus dans la forêt. Nous pensions ne plus apprendre rien. Et voici que nous savons ce que nous croyions ne pas savoir. Car voir Gdansk, c'est connaître ça. Essayons d'approcher cette armée désarmée, calme et seule, celle de l'Histoire. Essayons de nous en approcher de la seule façon possible, en évitant l'insanité de la théorie, je parle de l'imaginaire. Je me parle comme s'il était possible de leur parler, et je me réponds comme s'il était possible qu'ils me répondent. Et tout ceci est inventé, et tout ceci peut être nié, et dans la syntaxe et dans la teneur du vocabulaire. Aviez-vous le droit de demander des salaires meilleurs ? Non, on nous massacrait. Aviez-vous le droit d'écrire ce que vous vouliez ? Non. De lire ce que vous vouliez ? Non. Aviez-vous le droit de vous défendre ? Non, des organismes étaient aussi prévus pour ça. Vous aviez le droit de croire en Dieu ? Non. Aviez-vous faim ? Non, nous mangions à notre faim. Aviez-vous le droit d'adhérer à une ligue de défense des Droits de l'homme comme celle d'Helsinki ? Non, c'était interdit. Aviez-vous accès aux magasins d'alimentation réservés aux membres du pouvoir ? Non. Aviez-vous le droit d'acheter une automobile ? Oui, mais nous ne pouvions pas l'acheter avec des dollars du marché noir, nous étions payés en zlotys. Le délai de livraison était-il long ? Il était de deux ans avec les zlotys et de huit jours avec les dollars. Tous les membres dirigeants du P. C. avaient-ils des autos ? Presque tous. Mais vous étiez quand même débarrassés du capitalisme ? Ce sont des mots. L'exploitation de l'homme est pire dans les pays socialistes que dans les autres. Mais vous, vous mangiez ? Oui, nous, on mange depuis soixante ans, depuis 1917. Il n'y a pas de capitalisme dans le socialisme ? Si, le marché noir à l'échelle de la nation est un capitalisme. Quelle est la différence entre le capitalisme et le socialisme dans ce cas ? Le capitalisme n'a pas de justification, le socialisme, si. Qui sont ces gens du Parti ? Nous ne le savons pas, cela nous est indifférent. Avez-vous une idée sur eux ? Non, ils ne nous intéressent pas. Comment expliquez-vous qu'ils recrutent encore des gens en Pologne et ailleurs ? Ils doivent y trouver leur intérêt, ou bien ils ne savent plus rien de la politique, qui sait, nous ne savons pas, cela ne nous intéresse pas. Ecoutez-vous leurs discours ? Non. Peuvent-ils vous apprendre quelque chose ? Non. Sur eux-mêmes, le peuvent-ils ? Sur eux-mêmes non plus ils ne peuvent plus rien nous apprendre. Y a-t-il des différences entre un membre du P. C.

et un autre membre du P. C., y en a-t-il des bons, des mauvais, des menteurs, des non-menteurs ? Non. Tant qu'ils restent inscrits au P. C., la différence entre eux inexiste. Comment les définiriez-vous ? Par la peur. Comment avez-vous accepté l'inadmissible de votre vie, cela pendant des décennies et des décennies ? Par la peur. Trois fois on a essayé, trois fois on nous a tués. La même peur que celle de vos dirigeants ? Oui, la même, la peur de mourir ou d'être emprisonné. Cette peur a disparu maintenant ? Non, elle est là. Y a-t-il une différence entre la peur de vos dirigeants et la vôtre ? Aucune. Mais vous mangiez à votre faim et chaque jour ? Il fallait attendre des heures pour acheter la nourriture, mais on mangeait, oui. Qu'est-ce qu'il y a de neuf cette fois-ci dans la grève des ouvriers de Gdansk ? La détermination. Gdansk marque-t-il la limite de ce que vous pouviez supporter ? Non. Elle marque la limite de notre détermination, cette grève était préparée et on avait fixé sa date, l'été 80. Diriez-vous de cette grève qu'elle est politique ? C'est une grève qui concerne la société polonaise tout entière, la nation polonaise, si elle représente une refonte de la structure du socialisme cela nous indiffère, qu'ils le prennent comme ils veulent. La loi, qu'est-ce que c'est ? Rien, c'est comme la bureaucratie, ils voulaient justifier de leurs privilèges. Vous avez fait appel à des intellectuels pour vous représenter auprès du Parti, pourquoi ? D'abord, parce qu'ils nous ont toujours soutenus, ensuite, parce qu'ils ont la même culture politique que les écrivains du parti, c'était une question de langage, ce n'était pas la peine qu'on y aille. La bourgeoisie ne vous inspire pas confiance ? Elle n'existe que par rapport à l'argent, elle n'existe pas autrement. Vous voulez le pouvoir ? Non. Nous voulons nous occuper de la Pologne, la sortir de la maladie où elle est. Vous ne comptez que sur vous ? Oui, nous n'avons plus confiance qu'en nous-mêmes. Vous savez que ce que vous dites peut s'appliquer à la majeure partie des pays européens ? Oui, nous le savons. Croyez-vous que la nature humaine soit bonne ? Non. Croyez-vous qu'on puisse réduire le mal ? Oui. La force malfaisante de l'homme consacrée au mal peut être détournée, servir autrement. Le mal est une force aussi. Vous êtes pessimistes quant à l'homme ? Oui. Vous croyez que l'optimisme, une des données principales du socialisme, est la plus imbécile ? Oui, je le crois. Nous disons quoi en disant tout cela ? Rien. Nous disons. Mais vous mangiez comme en Chine, en Russie ? Oui.

Dites-moi pourquoi vous parlez de la faim ? Parce que comme vous je crois que dans le rassasiement de la faim il y a le terrain de ce qu'on pourrait appeler, si vous le voulez bien, celui de la nouvelle oppression socialiste de l'homme, qui fait pendant exactement à celle de sa misère ancienne. Un pays socialiste, par définition, est un pays dans lequel la faim a disparu. Les autres aspects de l'homme ne sont pas évoqués. L'homme qui mange est considéré comme l'homme libre, l'homme suffisant. L'homme suffisant n'a plus à se plaindre de rien, du moment qu'il mange à sa faim. L'homme des pays socialistes s'est donc retrouvé enfermé dans une définition limitée à sa nourriture. La société n'avait besoin de rien de plus que de lui, de cet homme bien nourri, pour construire le socialisme. Or, ce n'est pas parce que la famine est un état de souffrance et de stérilité de l'homme que la suppression de cette souffrance crée un état de bonheur et de fertilité. L'état de rassasiement de l'homme est un état sans intérêt, il devrait être un état naturel à partir duquel l'homme devrait avoir accès à la pensée de lui-même, à sa solitude essentielle, à son malheur, à son intelligence — celle-ci comprenant aussi la nostalgie de sa faim légendaire, de ses échecs, de son errance initiale.

Or, ici, l'homme nourri étant une fin et la victoire socialiste sur la faim de l'homme, partout où elle s'est trouvée, ayant été portée au rang de justification majeure, l'homme nourri s'est retrouvé devant la dette de sa propre vie contractée en son nom par d'autres que lui. Le scandale est devenu la faim, mais jamais l'exploitation qu'on faisait de celle-ci. De telle façon que l'homme socialiste est resté un homme secouru, asservi à son passé et à sa famille, celle de la faim. De telle sorte aussi que l'état de rassasiement est devenue ici une indigence pareillement à la misère qui la précédait. L'enfant n'avait jamais vu une tempête aussi forte, il n'avait aucun souvenir d'une pareille violence et sans doute avait-il peur. Alors la jeune fille l'a pris dans ses bras et ils sont entrés ensemble dans l'écume des vagues. L'enfant regardait la mer agrippé à la jeune fille, il était dans l'épouvante, il avait oublié la jeune fille. Et c'est dans cet oubli d'elle par l'enfant que la jeune fille a vu les yeux gris de l'enfant dans leur pleine lumière, celle réverbérée par la mer. Alors elle a fermé les yeux et s'est retenue d'avancer plus avant dans l'écume profonde. L'enfant regardait toujours les vagues, leur arrivée et leur départ, le léger tremblement de son corps avait cessé. La jeune fille, le visage détourné de la mer, mangeait les cheveux de l'enfant, elle avait entre ses lèvres leur sel et leur odeur de vent. L'enfant ne le savait pas, il ne savait plus rien de lui mais seulement de ce chaos des eaux et la résolution tranquille de leur violence dans leur étalement sur le sable. La jeune fille a demandé à l'enfant s'il avait froid, il a dit que non. S'il avait peur encore. Il a hésité et il a dit que non. Il lui a demandé si elle ne pouvait pas avancer plus, là où les vagues se cassaient et elle a dit que si elle le faisait il était probable que la force de la mer les arracherait l'un à l'autre et qu'elle l'emporterait, lui, l'enfant. L'enfant a souri. Après, ils sont partis dans la direction du nord, vers les prairies maréca-geuses de la baie devant les quais du Havre.

9

Nous approchons de l'équinoxe de septembre, nous approchons de la fin de l'été. La mer est changeante, l'espace d'une nuit elle est mauvaise et puis brusquement au matin la voici de nouveau calme, elle redevient bleue et se remplit à nouveau de voiles blanches et de soleil. Les pétroliers sont de nouveau là, en file indienne devant les falaises blanches d'Antifer. Dans quatre jours, la dernière colonie de vacances va quitter la ville. La mer est très basse en ce moment, elle est très loin, de la chambre noire je la vois bien, et elle laisse derrière elle des lacs, des îles, des archipels noyés de brume, des pays entiers de sables gorgés d'eau. La jeune fille et l'enfant ont traversé les sables découverts et ils sont allés dans la baie, du côté des pieux noirs, vers le chenal. A cet endroit de la baie, la plage est vaseuse dans les creux et la jeune fille a encore porté l'enfant. Déjà la lumière s'allongeait sur la surface de la mer, elle était déjà plus dorée, plus lente. Ils ont traversé l'immensité de la plage, la jeune fille glissait quelquefois et l'enfant riait aux éclats. Les pieux grandissaient à mesure qu'ils avançaient. A un moment donné, la jeune fille a posé l'enfant et ils ont traversé le dernier banc de sable avant le fleuve, c'est là que sont plantés les pieux noirs. Les voici, trois arbres hauts comme des mâts, à quelques mètres les uns des autres, au bord du fleuve, leurs sommets ont dû être réunis par des cercles de fer, des écrous. Maintenant les cercles ont éclaté sous la rouille et depuis lors les arbres lentement se séparent les uns des autres, se dégagent, et après cent ans peut-être de cette torsion terrible du fer ce mouvement ne cesse pas, les arbres se séparent encore, comme dans la forêt avant d'être coupés et retenus ensemble par le serrage des cercles de fer. L'enfant les regarde et il demande à la jeune fille ce que c'était, elle dit qu'elle ne le sait pas, que personne ne le sait dans les villages de la baie. L'enfant a attendu puis il a encore demandé à la jeune fille, toujours avec cette discrétion violente, de lui dire ce que ça pouvait être. La jeune fille a dit alors : peut-être une balise ancienne du chenal de la Seine, peut-être autre chose, qui ne servait à rien peut-être, pour reconnaître l'amplitude des équinoxes, des repères oubliés. Les trois arbres ne sont pas tout à fait les mêmes, ils ont subi chacun différemment la torsion du fer, la lancée de leur hauteur n'en a pas été modifiée de la même façon. Leurs têtes sont sculptées de canelures verticales coupées d'entailles régulières et profondes, cela pour que les cordages adhèrent mieux au bois. Les visages des pieux noirs sont tristes, ils sont doués de regard. Ils sont tournés vers trois directions différentes, celle de la haute mer, celle du fleuve, celle du Havre. Ces visages sont gris, blanchis par le sel, leur bois est nu, leurs yeux sont les trous vides qu'ont laissés les écrous qui fixaient les cercles. Les arbres autrement sont bleu sombre, recouverts de moules, à leurs pieds il y a un trou d'eau, la mer qui a tourbillonné chaque jour depuis cent ans autour de leur résistance. La jeune fille s'est couchée sur le sable mouillé et elle a fermé les yeux. Alors l'enfant est allé rejoindre des gens qui ramassaient des coquillages. De temps en temps il revenait vers la jeune fille. La jeune fille savait quand il était là à la regarder, elle ouvrait les yeux et lui souriait, et il repartait vers les pêcheurs et il revenait encore vers la jeune fille et il lui donnait ce que les pêcheurs avaient laissé, des petits crabes gris, des crevettes, des coques vides et la jeune fille les jetait dans le trou d'eau au pied des pieux noirs. Puis la mer petit à petit s'est nacrée de vert. La longue file des pétroliers d'Antifer est devenue plus épaisse, plus sombre. C'était le soir qui venait. Et ce très léger brouillement de la lumière, ces souffles qui passaient, ces montées de brume, cet air mouillé tout à coup, c'était la marée. Et les eaux de la Seine ont commencé à être envahies par celles de la mer. L'enfant est revenu avec la jeune fille et il a regardé tout autour de lui avec cette légère fixité qui faisait son regard, quoi qu'il regardât, d'un inaltérable étonnement et aussi d'une douceur très intense colorée d'une souffrance non ressentie, encore ignorée. La jeune fille a longuement regardé l'enfant et elle lui a dit : tu es l'enfant aux yeux gris, tu es ça. L'enfant a vu qu'elle avait pleuré pendant son absence. Les pêcheurs sont partis et ils les ont appelés, ils leur ont dit qu'il leur fallait remonter, que la mer arrivait vite. La Seine s'est remplie de courants, de tourbillons, elle était tout entière repoussée par la force si lisse et si tendre de la mer qui remontait son cours. Il a fait froid tout à coup. La jeune fille a porté l'enfant tout au long de la traversée de la plage, elle le serrait contre elle très fort et elle embrassait son corps. L'enfant regardait vers le chenal, peut-être avait-il peur parce qu'ils étaient maintenant seuls sur toute l'étendue du sable. La jeune fille a atteint la remontée des pierres vers les marécages de la baie. Là, la mer n'allait jamais, elle a dit à l'enfant qu'il ne fallait plus avoir peur. Elle a posé l'enfant et ils ont marché dans le chemin entre les champs de joncs. C'est alors, au bout d'un moment, que la jeune fille a dit qu'elle préférait qu'il en soit ainsi entre elle et lui, elle a dit : que ce soit tout à fait impossible, elle a dit : que ce soit tout à fait désespéré. Elle a dit que s'il avait été grand leur histoire les aurait quittés, qu'elle ne pouvait même pas imaginer une telle chose et qu'elle préférait que cette histoire en reste là où elle en était, pour toujours, dans cette douleur-là, dans ce désir-là, dans le tourment invivable de ce désir-là, même si cela pouvait porter à se donner la mort. Elle a dit qu'elle souhaitait aussi que rien d'autre n'arrive entre eux lorsqu'ils se reverraient dans douze ans ici près de la mer, rien d'autre que cette douleur-là, encore, de maintenant, si terrible qu'elle soit, si terrible qu'elle serait, car elle le serait, et qu'il faudrait qu'ils la vivent ainsi, écrasante, terrifiante, définitive. Elle a dit qu'elle souhaitait qu'il en soit ainsi jusqu'à leur mort. L'enfant écoutait la jeune fille dans un pressentiment du sens de ses paroles plus avant que si elle eût essayé de lui parler de façon claire. Elle lui dit qu'il se souviendrait de ce chemin et des arbres noirs en même temps que de ces paroles-ci. Que ce qu'il ne comprenait pas dans ce qu'elle lui disait était pareil à ce qu'elle ne comprenait pas d'elle-même devant lui. Ils étaient arrivés au chemin de planches. Ils n'ont plus parlé pendant long-temps. Puis la jeune fille a chanté qu'à la claire fontaine elle s'était reposée, et que sur la plus haute branche un rossignol avait chanté et que jamais, jamais elle ne l'ou-blierait. L'enfant ne le lui avait jamais dit, mais elle savait, elle savait que l'enfant aimait cette chanson. Lorsqu'elle la chan-tait, l'enfant ne regardait plus rien et sa main dans la sienne devenait comme privée de vie. Elle le savait aussi d'autre façon que de celle-ci, celle-là, indécomposable, était indéchiffrable, elle était seule à la percevoir, mais comme telle, au-delà d'elle-même, au-delà de l'entendement de sa propre vie. Lorsqu'ils sont arrivés sous les tentes, les gens parlaient de la Pologne, de destruction et de mort. Alors je suis revenue dans la nuit de cette chambre au-dessus de la mer et dans son silence. Oui, je crois que nous nous sommes vus, quand j'ai ouvert la porte

86

je vous ai reconnu, je crois que c'est ce qui a
eu lieu. Vous êtes reparti après plusieurs
jours, alors, de même, pendant plusieurs
jours ensuite, la ville a été plus sombre et la
chambre a été désertée, pleine du trouble
de votre absence, comme crevée par ce coup
porté à sa solitude de toujours. Oui, c'est
pour ça que je suis allée dans la chambre,
parce qu'ils disaient qu'ils avaient peur pour
Gdansk, peur de la force des armes et de celle
des armées. Non, je n'associe pas Gdansk à
la peur qu'elle soit détruite. Ni à la force
des armes et des armées. A rien à vrai dire,
je crois, si, je me trompe, si, à moi. A vous.
A l'amour de vous, de votre corps. Non,
Gdansk n'a rien à voir avec la force qui la
détruirait. Avec ces gens qui écrivent, qui
parlent, qui se souviennent. Non. Elle n'a
rien à voir non plus avec sa dégradation possible au cours du temps. Avec sa pourriture,
plus tard. Non. Lorsqu'elle reposera ainsi
dans sa putréfaction, elle appartiendra. A
qui ? Cela n'a pas d'importance. Elle n'a rien
à voir avec elle-même. Regardez cette obscurité autour de nous, si dense, il ne faut pas
s'en plaindre désormais, voyez comme on lit
au travers. Vous devriez venir avec moi dans
la chambre noire et déserte, ne plus avoir
peur. Vous ne devez plus avoir peur. Vous
aviez trop peur. Moscou ne peut plus com-

prendre Gdansk, comment voulez-vous ?
Comment ferait-elle pour comprendre
Gdansk ? Comment ? Ce mouvement de la
mer, du vent ? Ces forces tranquilles ? Cet
amour ? Moscou, cette chose-là, comment
voulez-vous ? En 1946, oui, c'est ça. Le nom
écrit sur la tombe est Akhmatova, Anna,
interdite de publication. Elle aurait cent ans.
L'interdiction est toujours-là, depuis 1946,
oui, c'est ça. Vivait de traductions dans une
chambre de service. Le plus grand poète.
Gdansk. Non, on ne sait pas pourquoi. Oui,
c'était en 1947. Le nom écrit sur la tombe
c'est Ossip Mandelstam. Le plus grand poète.
Oui, interdit de publication. Gdansk, Moscou, lui souriant, comment voulez-vous que
ce soit possible ? Deux cent soixante millions
d'habitants. On ne sait pas pourquoi, tout à
coup, il y a eu cette lumière sur la mer du
Nord. Elle s'est produite au centre de
l'obscurité, vous vous souvenez ? L'espoir ?
Non, non. Je crois qu'il n'y a rien de plus
pessimiste que Gdansk. Sauf cet amour que
j'ai pour vous et dont je sais qu'il est illusoire et qu'à travers l'apparente préférence
que je vous porte je n'aime rien que l'amour
même non démantelé par le choix de notre
histoire. Gdansk, comment voulez-vous que
Moscou comprenne Gdansk ? Si gaie est
Gdansk, si légère, gratuite, presque futile,

oui, disparate, folle, tendre, une foule contenue dans chacun de ses gens. Moscou avait
accepté Gdansk parce que Moscou n'avait
pas compris Gdansk. Les sourds, vous savez,
qui répondent, de peur. Baudelaire. Mallar-
mé et ces morts de la Russie... Pourquoi
désirez-vous mourir ? Pourquoi pas ? Il est
vrai, pourquoi pas ? Nous connaissons l'histoire comme les rabbis de la Loi. Venez voir,
tout est clair tout à coup, la mer, le ciel, la
mer s'était déchaînée à l'aurore, elle était
devenue méchante et sombre et la voici
maintenant heureuse. Elle n'a pas d'esprit,
ni d'intelligence, ni de cœur, la mer, elle
n'est rien que ce devenir matériel, sans issue,
sans fin. Gdansk est mortelle, elle est l'enfant
aux yeux gris, elle est ça. Comme vous, ça.

10

Les marées de septembre sont là. La mer est blanche, folle, folle de folie, de chaos, elle se débat dans une nuit continue. Elle monte à l'assaut des môles, des falaises d'argile, elle arrache, éventre les blockhaus, les sables, folle, vous voyez, folle. On ferme les issues des maisons, on rentre les voiliers, on ferme, elle emporte, ramène, amasse, on dort sur sa litière, le tonnerre de ses fonds, ses cris, la longue plainte de sa démence. Au matin toujours elle se calme. Et puis toujours, oui, aussitôt le vent de la nuit, voici, elle recommence, oui, aussitôt la nuit, se déchaîne encore et encore. Je suis dans la chambre noire. Vous êtes là. Nous regardons dehors. La mer et ce passage des deux formes lointaines de la jeune fille et de l'enfant, elles marchent le long de la blancheur, sur la nudité, sur la plage. Elles ne se rapprochent pas, elles ne se parlent pas. Il n'y a pas de vent, il ne vient que la nuit avec le changement de la marée. Nous sommes enfermés dans l'espace de la mer, avec sa folie. Elle ne veut pas franchir cette ligne des équinoxes, cette égalité entre jour et nuit. Cet angle astral, elle ne veut pas, cette règle du ciel, cette loi, elle ne veut pas, ce soleil équateur, chaque fois elle se déchaîne, emportée par le happement de sa propre puissance, le soulèvement de ses eaux vers les origines du monde, elle crie. La plage est vide comme la chambre. La jeune fille et l'enfant sont seuls. Je les regarde en votre présence. Vous qui connaissez l'histoire, vous sans qui je n'en dirais rien. Ils marchent le long de la blancheur dans le soleil blanc qui de temps en temps s'engouffre dans les trous du ciel noir. En haut de la colline, les tentes ont été démontées. Des cars sont arrivés à la fin de la matinée, on a chargé les valises des enfants. On attend l'heure, quatre heures, et qu'ils reviennent. Elle est partie sur la plage. Sans prévenir, elle a emmené l'enfant. Viens. Du haut de la colline on les suit des yeux. La peur. On dit : elle ne rendra pas l'enfant. On dit : elle va le tuer, se tuer. On dit : ils ne quittent pas la plage, tant qu'ils ne la quitteront pas il n'y a pas à avoir peur. Il fait une forte lumière sur de très vastes endroits de la mer, sur d'autres il pleut, on voit les parois claires de la pluie strier le ciel. Ils marchent le long des pluies et des territoires ensoleillés, ils marchent et je les regarde de la chambre noire. Je les vois bien. Je vois le gris des yeux de l'enfant remplis des cristaux du regard, leur brillance humide, leur chair, je vois le gris profond et uni de la mer, je vois la forme de leurs corps, les espaces de la pluie tombante et les espaces encrés de la pluie à venir. Je les regarde. Vous me regardez les voir. Comme eux nous sommes séparés. On a dit : les cars partiront vers quatre heures de l'après-midi. Elle marche devant lui. Il la suit. Ils ne se parlent pas. Vous dites : de quoi parlait-on dans la chambre noire ? Aujourd'hui je ne le sais plus. Je dis de même que vous, ne plus le savoir. Des événements de l'été sans doute, de la pluie et de la faim, du temps mauvais, vous vous souvenez, qui courait de jour et de nuit à travers le vent, le froid, de la chaleur, de ces nuits chaudes coulées des jours d'août, de l'ombre fraîche des murs, de ces jeunes filles cruelles aux formes si troublantes qui prodiguaient le désir, de ces hôtels, de ces couloirs, de ces hôtels, de ces chambres délaissées où se faisaient l'amour et les livres, de la chambre de son martyre, de ces soirées si lentes, vous vous souvenez, lorsqu'elles dansaient, oui, c'est ça, devant lui supplicié

93

de désir et de douleur, au bord d'en perdre la vie, dans la jouissance éperdue d'en mourir. De Mozart aussi et du bleu de minuit sur les lacs arctiques, du jour bleu de minuit sur les voix, le cœur en tremble, sur les voix de Mozart. De cette façon aussi que vous aviez de ne rien faire, de cette façon à elle qu'elle avait d'attendre, de cette façon à vous d'attendre de même sur les divans face au dehors. De la Pologne et de Dieu. De la mort aussi, et de la carte postale ramenée du bazar par l'enfant pour qu'elle y écrive une date et le nom du lieu et l'heure du rendez-vous, car l'enfant ne sait pas écrire encore, ni lire ni rien, il ne sait encore rien de ces choses qu'il va maintenant très vite savoir, dans un an tout au plus, et cela pour toujours ensuite, jusqu'à sa mort. Du haut de la colline, la peur. On ne les voit plus, ils ont dépassé la rangée des cabines de bains, ils ont dépassé le pavillon noir de septembre, le drapeau rouge du danger, on attend et on voit que non, qu'ils réapparaissent, qu'ils n'ont pas continué vers l'embouchure de la Touques, qu'ils reviennent, oui, qu'ils reviennent de ce côté-ci du monde où des cars sont venus pour emporter l'enfant. Voici, je les vois, je la vois elle, chanter, j'entends cette chanson pour que passe le temps avant le départ des cars. Elle ne dit pas les paroles, bouche

fermée, le chant seulement. Elle marche loin
du corps de l'enfant, elle ne le regarde pas.
L'enfant la suit, il marche loin derrière elle,
il sait qu'elle ne veut pas qu'il s'approche,
il le sait, il la regarde, il sait qu'elle ne se
retournera pas. Chante imparfaitement le
chant, quelquefois le tait et reprend à l'endroit juste, comme si elle l'eût chanté, che-
mine avec le chant, dans des syncopes, dans
des suffocations tuantes qui arrêtent sa voix.
Il la regarde. Elle ne se retournera plus.
L'a-t-elle déjà vu à jamais ? Cela serait-il
fait déjà ? Le regardera-t-elle encore une
fois ? Je ne sais pas. Je vous regarde. Vous
ne savez pas. Dans la chambre noire je vous
ai à votre tour enfermé. Dans l'espace illi-
mité de la mer je vous ai enfermé avec l'enfant. C'est fait. Cette couleur noire de mes
yeux fermés, ces coups au cœur, votre simili-
litude définitive. Pour passer le temps, c'est
ce qu'elle a dit, avant le départ des cars elle
chante pour passer le temps. L'enfant marche
vers elle un peu plus vite, il l'atteint, atteint
sa main, la touche, il essaie de la prendre mais
cette main reste froide et morte, ouverte.
Elle n'a pas pris la main de l'enfant. Alors
l'enfant s'est arrêté. Il l'a regardée qui conti-
nuait, il a regardé la mer et puis il est reparti
derrière elle, il l'a rattrapée, il s'est tenu à
la distance qu'elle a désirée qu'il reste d'elle.

Je me suis souvenue qu'un soir, c'était au début de l'été, elle le lui avait demandé : qu'est-ce que tu aimes le plus ? Il avait cherché à comprendre la question, il avait cherché encore et puis il avait dit : je ne sais pas. Puis il lui avait demandé ce que c'était pour elle et elle avait répondu avec sa lenteur à lui, elle lui avait dit : comme toi, la mer. Elle avait attendu. Tu le savais ? Il avait fait signe, oui. C'était après qu'elle avait chanté le chant pour la première fois. Je ne distingue plus votre corps de celui de l'enfant, je ne sais plus rien des différences qui vous unissent et vous séparent, je ne connais plus que votre regard pareil vers cette ligne toujours incertaine où vous allez droit mourir avant de revenir et voir. Je ne sais plus rien des différences entre le dehors de l'enfant et le dedans de l'enfant, entre ce qui l'entoure et le porte et ce qui l'en sépare, ce cœur, peut-être, cloîtré dans le corps frêle et chaud, peut-être seulement ça, cette différence provisoire, oui, ça, rien d'autre, ce battement léger à lui seul et non pas l'immensité de sa conséquence. Je ne sais plus rien non plus des différences entre Gdansk et Dieu. Plus rien non plus entre ces tombes de l'Est, de la Terre soviétique de la Mort, entre ces poèmes lacérés, enterrés dans la terre d'Ukraine et de Silésie, entre ce silence mortel de la terre afghane et l'insondable malfaisance de ce même Dieu. Rien. Sur Gdansk j'ai posé ma bouche et je vous ai embrassé. Non, la jeune fille n'a plus regardé l'enfant, comme s'il n'existait pas, comme s'il n'avait jamais existé, comme s'il était puni d'être aimable au point d'en être maudit, comme s'il n'avait jamais existé, oui, c'est ça, jamais, jamais, comme si l'idée même de son existence ne l'avait jamais effleurée, comme si tu n'existais pas. L'enfant a retiré sa main, il s'est arrêté, il ne comprenait pas qui elle était, qui elle était devenue. Et puis il a recommencé à la suivre. L'été est devenu gris, le soleil est passé. Les pétroliers d'Antifer étaient toujours en ligne dans cet axe du Havre, rentreront cette nuit avec la marée haute, en resteront là par nous abandonnés dans l'agonie des derniers jours. Dans les yeux de l'enfant la stupeur parce qu'elle ne regarde plus rien, parce que sa main ne s'est pas refermée sur la sienne, n'a pas pris, comme si de rien n'était. Dans la chambre noire rien ne survient plus. Tout serait possible dans la retombée d'un seul mot que je ne sais pas écrire et qui dirait l'intelligence indéfiniment approximative de ce désespoir. L'enfant voit qu'il est au-dessus de ses forces de comprendre cela, il la regarde, il voit que l'amour peut donc se dire inversement à sa puissance, se retirer de lui-même et se taire plus violemment qu'il ne dirait. Alors il y a donc la mer et le vent, et la pluie, et les vagues fortes, et la brûlure du sable et il a de même cette femme sourde et dure, mal chantante, aux mains froides et ouvertes, blêmes de souffrance, qu'il ne veut plus quitter. Et l'enfant alors entre à son tour dans la déambulation hagarde de la jeune fille, dans sa traîtrise, il regarde sa forme qui marche, chacun de ses pas la portant vers le suivant comme vers le dernier dans un élan qui chaque fois se brise et se reprend. Il aperçoit ce qu'il ne comprend pas encore, il voit ce qu'il ne voit pas encore et cela dans une voyance opaque qui remplit ses yeux de pleurs. Elle a cessé de chanter et lui demande s'il veut qu'elle lui raconte l'histoire de David, l'enfant de l'île inconnue. Elle ne s'est pas retournée. Il dit qu'il ne veut pas qu'elle raconte. Elle dit : je te dirai quand il faudra que tu remontes, le car appellera. Elle lui dit qu'elle ne peut pas bien chanter mais qu'elle pourrait lui raconter un peu de cette histoire avant l'arrivée de l'heure, tu sais, celle de la source et de ce requin. Alors il dit : comme tu veux. Alors elle dit qu'un jour le requin est arrivé et qu'il a demandé à David de venir se promener avec lui dans les océans, qu'il voulait lui montrer une grande prairie sur la mer, la prairie des Sargasses, la jungle profonde des épaves, et les anguilles et la brise des algues et la mer tout alourdie par ces masses d'algues, ce point mort du monde, là il n'y a jamais de vent, jamais de vagues, seulement une houle longue et douce, jamais de froid non plus, et quelquefois la mer devient blanche du lait d'une mère baleine blessée qui vient y mourir et on se baigne dans le lait et on le boit et on s'y roule tout ensemble. Viens, David. Viens. Et le requin pleure et David ne comprend pas pourquoi le requin pleure. Et tous les animaux de l'île arrivent autour de David et l'entourent et ils commencent à faire leur toilette du soir, à se frotter aux arbres, à lécher leur pelage, à se lisser, à lécher aussi David, leur enfant. Et le requin de pleurer tandis qu'il veut aller sur le sable voler David et qu'il suffoque et retourne dans la mer. Et David qui lui dit : voilà ça recommence, personne ne comprend jamais ce que tu veux, je ne sais plus quoi faire. Et le requin de pleurer et de crier que ce n'est pas de sa faute et de demander pardon au ciel et de recommencer à parler ce langage incompréhensible fait cette fois de râclements, de hurlements et de sanglots. La jeune fille s'arrête. Et voilà que la lumière devient jaune, illuminante — la jeune fille s'arrête encore —, que toute la mer en est baignée, et l'île, et les pelages des animaux et les yeux gris de David et voici que l'air tout à coup résonne d'un tonnerre liquide et que la source sort lentement de la citerne Atlantique et qu'elle se déploie au-dehors, toujours aveugle et souffrante et pleurante et si belle, elle soupire et se plaint, elle demande qui criait de douleur de la sorte, que ce n'est pas décent, qu'on ne s'entendait plus dans les citernes de l'océan. Et voilà que les animaux disent tous ensemble que c'était le requin qui voulait manger David. Et que David comprend enfin et qu'il a de la peine pour le requin. Et que la source aussi a de la peine pour le requin et que tous les animaux aussi et que le requin aussi a de la peine pour lui-même et que le soir arrive et qu'une sorte de bonheur imprévisible tombe sur l'île et que la source, dans ses eaux enfermées, dans ses immenses jupes d'eau, drapée, danse, danse la lente passa-caille funèbre du vent de la nuit noire. La jeune fille se tait. Elle dit : je ne sais pas la fin. L'enfant dit que ça avait duré deux ans, qu'elle le lui avait dit. Elle dit qu'elle se souvient, oui, c'est ça, deux ans. Qu'un bateau était passé. Qu'il avait recueilli David. L'enfant a demandé si la source était morte après. Elle a dit que non, qu'elle ne

100

pouvait pas mourir, que la source ne le savait pas mais qu'elle était immortelle. Pas morte encore maintenant ? a demandé encore l'enfant. Non, jamais morte, jamais. La jeune fille a dit : je vais aller là près des tennis, je vais dormir. Elle a dit : tu vas remonter par le chemin de planches. Elle est allée vers les tennis. L'enfant a vu qu'elle était au bord de mourir. Elle est tombée dans le sable et elle est restée tombée là, face contre le sable. L'enfant est debout, il reste là, immobile près du corps étendu. Sur la colline on regarde toujours. On dit : l'enfant ne s'en va pas, elle s'est couchée sur le sable, il ne part pas, il faut appeler. Un appel est parti de la colline. L'enfant n'a pas entendu, dirait-on, il tourne maintenant autour du corps étendu comme s'il cherchait à le rejoindre, à s'étendre le long de lui. Elle n'a pas entendu non plus sans doute. Un autre appel a lieu, plus lent, très doux. La jeune fille dit : va-t'en. Alors l'enfant s'arrête de tourner autour du corps, il regarde autour de lui les tennis déserts, ces villas fermées, ce corps étendu sans force et sans voix. Il a dit : pas encore. Un troisième appel plus long est allé se perdre sur la mer. Elle a dit : va-t'en. L'enfant a encore regardé ce grand désert de l'été. Va-t'en. Il n'a plus rien dit, il a attendu encore et puis il a fait comme elle lui deman-

dait, lentement il s'est mis à marcher sur le
chemin de planches dans la direction de la
colline. Tête contre sol, ne regarde pas. Rien
ne survient plus dans la chambre noire. Tout
à coup, cet affaissement de la durée, ces couloirs d'air, cette étrangeté qui filtre, impal-
pable, à travers les sables, la surface de la
mer, le flux de la marée montante. L'enfant
marche. Il avance. Nous nous tenons séparés
l'un de l'autre. Je ferme les yeux. Vous
regardez pour moi. Vous dites : l'enfant est
presque au bas de la colline. Vous dites : elle
ne se retourne pas. Je vous demande si vous
aviez l'espoir de ne les retrouver jamais, ni
la trace de la marche ni celle des corps. Vous
ne répondez pas. Vous dites : l'enfant
avance. Vous dites : il est en train de disparaître. Vous dites : c'est fait. Je dis vous
aimer. Vous dites : même si elle le désirait,
elle ne pourrait plus le voir. Vous dites :
l'enfant a remonté la colline, il a atteint les
cars. J'ai ouvert les yeux sur le noir de la
chambre. Vous êtes près de moi. Vous dites :
elle ne s'est pas détournée. Que les cars ont
descendu la grande côte au-dessus du môle.
Qu'ils sont passés le long de la plage. Que
la marée monte. Que le corps a dû disparaître
de la plage peu après la venue de la nuit.
Qu'il pleut.

ŒUVRES DE MARGUERITE DURAS

LES IMPUDENTS (1943, *roman,* Plon).

LA VIE TRANQUILLE (1944, *roman,* Gallimard).

UN BARRAGE CONTRE LE PACIFIQUE (1950, *roman,* Gallimard).

LE MARIN DE GIBRALTAR (1952, *roman,* Gallimard).

LES PETITS CHEVAUX DE TARQUINIA (1953, *roman,* Gallimard).

DES JOURNÉES ENTIÈRES DANS LES ARBRES, *suivi de :* LE BOA — MADAME DODIN — LES CHANTIERS (1954, *récits,* Gallimard).

LE SQUARE (1955, *roman,* Gallimard).

MODERATO CANTABILE (1958, *roman,* Editions de Minuit).

LES VIADUCS DE LA SEINE-ET-OISE (1959, *théâtre,* Gallimard).

DIX HEURES ET DEMIE DU SOIR EN ÉTÉ (1960, *roman,* Gallimard).

HIROSHIMA MON AMOUR (1960, *scénario et dialogues,* Gallimard).

UNE AUSSI LONGUE ABSENCE (1961, *scénario et dialogues,* en collaboration avec Gérard Jarlot, Gallimard).

L'APRÈS-MIDI DE MONSIEUR ANDESMAS (1962, *récit,* Gallimard).

LE RAVISSEMENT DE LOL V. STEIN (1964, *roman,* Gallimard).

THÉÂTRE I : LES EAUX ET FORÊTS — LE SQUARE — LA MUSICA (1965, Gallimard).

LE VICE-CONSUL (1965, *roman,* Gallimard).

LA MUSICA (1966, *film,* co-réalisé par Paul Seban, distr. Artistes Associés).

L'AMANTE ANGLAISE (1967, *roman,* Gallimard).

L'AMANTE ANGLAISE (1968, *théâtre,* Cahiers du Théâtre national populaire).

THÉÂTRE II : SUZANNA ANDLER — DES JOURNÉES ENTIÈRES DANS LES ARBRES — YES, PEUT-ÊTRE — LE SHAGA — UN HOMME EST VENU ME VOIR (1968, Gallimard).

DÉTRUIRE, DIT-ELLE (1969, Editions de Minuit).

DÉTRUIRE, DIT-ELLE (1969, *film,* distr. Benoît-Jacob).

ABAHN, SABANA, DAVID (1970, Gallimard).

L'AMOUR (1971, Gallimard).

JAUNE LE SOLEIL (1971, *film,* distr. Films Molière).

NATHALIE GRANGER (1972, *film,* distr. Films Molière).

INDIA SONG (1973, *texte, théâtre,* Gallimard).

LA FEMME DU GANGE (1973, *film,* distr. Benoît-Jacob).

NATHALIE GRANGER, *suivi de* LA FEMME DU GANGE (1973, Gallimard).

LES PARLEUSES (1974, *entretiens avec Xavière Gauthier,* Editions de Minuit).

INDIA SONG (1975, *film,* distr. Films Armorial).

BAXTER, VERA BAXTER (1976, *film,* distr. N.E.F. Diffusion).

SON NOM DE VENISE DANS CALCUTTA DÉSERT (1976, *film,* distr. Benoît-Jacob).

DES JOURNÉES ENTIÈRES DANS LES ARBRES (1976, *film,* distr. Benoît-Jacob).

LE CAMION (1977, *film,* distr. D.D. Prod.).

LE CAMION, *suivi de* ENTRETIEN AVEC MICHELLE PORTE (1977, Editions de Minuit).

LES LIEUX DE MARGUERITE DURAS (1977, *en collaboration avec Michelle Porte,* Editions de Minuit).

L'EDEN CINÉMA (1977, *théâtre,* Mercure de France).

LE NAVIRE NIGHT (1978, *film,* Films du Losange).

LE NAVIRE NIGHT, *suivi de* CÉSARÉE, LES MAINS NÉGATIVES, AURÉLIA STEINER, AURÉLIA STEINER, AURÉLIA STEINER (1979, Mercure de France).

CÉSARÉE (1979, *film,* Films du Losange).

LES MAINS NÉGATIVES (1979, *film,* Films du Losange).

AURÉLIA STEINER, *dit* AURÉLIA MELBOURNE (1979, *film,* Films Paris-Audiovisuels).

AURÉLIA STEINER, *dit* AURÉLIA VANCOUVER (1979, *film,* Films du Losange).

VERA BAXTER OU LES PLAGES DE L'ATLANTIQUE (1980, Albatros).

L'HOMME ASSIS DANS LE COULOIR (1980, *récit,* Editions de Minuit).

L'ÉTÉ 80 (1980, Editions de Minuit).

LES YEUX VERTS (1980, Cahiers du cinéma).

AGATHA (1981, Editions de Minuit).

AGATHA ET LES LECTURES ILLIMITÉES (1981, *film,* prod. Berthemont).

OUTSIDE (1981, Albin Michel, rééd. P.O.L, 1984).

LA JEUNE FILLE ET L'ENFANT (1981, *cassette,* Des Femmes éd. Adaptation de L'ÉTÉ 80 par Yann Andréa, lue par Marguerite Duras).

DIALOGUE DE ROME (1982, *film,* prod. Coop. Longa Gittata. Rome).

L'HOMME ATLANTIQUE (1981, *film,* prod. Berthemont).

L'HOMME ATLANTIQUE (1982, *récit,* Editions de Minuit).

SAVANNAH BAY (1ère éd., 1982, 2ème éd. augmentée, 1983, Editions de Minuit).

LA MALADIE DE LA MORT (1982, *récit,* Editions de Minuit).

THÉATRE III : LA BÊTE DANS LA JUNGLE, *d'après Henry James, adaptation de James Lord et Marguerite Duras* — LES PAPIERS D'ASPERN, *d'après Henry James, adaptation de Marguerite Duras et Robert Antelme*

— LA DANSE DE MORT, *d'après August Strindberg, adaptation de Marguerite Duras* (1984, Gallimard).

L'AMANT (1984, Editions de Minuit).

LA DOULEUR (1985, P.O.L).

LA MUSICA DEUXIÈME (1985, Gallimard).

LA MOUETTE DE TCHÉKOV (1985, Gallimard).

LES ENFANTS, *avec Jean Mascolo et Jean-Marc Turine* (1985, *film*).

LES YEUX BLEUS CHEVEUX NOIRS (1986, *roman,* Editions de Minuit).

LA PUTE DE LA CÔTE NORMANDE (1986, Editions de Minuit).

LA VIE MATÉRIELLE (1987, P.O.L).

ÉMILY L. (1987, *roman,* Editions de Minuit).

LA PLUIE D'ÉTÉ (1990, *roman,* P.O.L).

CET OUVRAGE A ÉTÉ ACHEVÉ D'IMPRIMER LE
VINGT-SIX JUIN MIL NEUF CENT QUATRE-VINGT-DIX
DANS LES ATELIERS DE NORMANDIE IMPRESSION S.A.
À ALENÇON ET INSCRIT DANS LES REGISTRES DE
L'ÉDITEUR SOUS LE N° 2550

Dépôt légal : juillet 1990